KB131741

대한민국은 받아쓰기 중

대한민국은 받아쓰기 중

저자_ 정재환

1판 1쇄 인쇄_ 2005. 3. 15.
1판 3쇄 발행_ 2008. 2. 11.

등록번호_ 제406-2003-036호
등록일자_ 1979. 5. 17.

경기도 파주시 교하읍 문발리 출판단지 515-1 우편번호 413-756
마케팅부 031)955-3100, 편집부 031)955-3250, 팩시밀리 031)955-3111

저작권자 ⓒ 2005 정재환
이 책의 저작권은 저자에게 있습니다. 저자와 출판사의 허락 없이
내용의 일부를 인용하거나 발췌하는 것을 금합니다.

COPYRIGHT ⓒ 2005 by Jung Jae Hwan
All rights reserved including the rights of reproduction
in whole or in part in any form. Printed in KOREA.

값은 표지에 있습니다.
ISBN 978-89-349-1759-5 03810

독자의견 전화_ 031) 955-3104
홈페이지_ http://www.gimmyoung.com
이메일_ bestbook@gimmyoung.com

좋은 독자가 좋은 책을 만듭니다.
김영사는 독자 여러분의 의견에 항상 귀 기울이고 있습니다.

대한민국은 받아쓰기 중

정재환 지음

김영사

차례

나는 여전히 재환이가 자랑스럽다

배철수(방송인)

"자질이 모자라는 연예인들의 방송진행이 청소년들의 정서에 악영향을 끼치고 그릇된 언어습관을 부추긴다."

언론매체에서 이런 소리가 들려올 때마다 마치 나에게 하는 얘기 같아 얼굴이 달아오른다. 그런데도 내가 할 수 있는 일은 별로 없다.

지금으로부터 6년 전 재환이가 책을 한 권 출간했다. 〈자장면이 맞아요, 잠봉은?〉이라는 '웃기는 짬뽕' 같은 제목을 가진 책이었지만 내용은 훌륭했다. 그 책의 추천사에서 '나는 재환이가 자랑스럽다'고 표현했었다. 바쁘게 방송일을 하면서 책까지 써낸다는 게 기특하기도 하고 대견스럽기도 했다. 역시 부지런한 애들은 뭐가 달라도 달라!

그로부터 6년이 지났다. 그리고 내 생각은 이렇게 바뀌었다.

"나는 이제 재환이를 존경한다."

정재환 이 친구 정말 바쁜 사람이다. 방송일은 물론이고 학교 공부와 한글문화연대의 부대표로 우리말사랑운동을 하느라 늘 동분서주한다. 예전에는 자주 만나 차도 마셨는데, 요즘에는 해가 바뀌도록 코빼기도 보기 힘들다. 이렇게 나보다 족히 다섯 배는 바쁠 것 같은 이 친구가 또 이런 책을 썼다니 우리 같은 게으름뱅이들은 존경이나 할밖에. 그러면서도 이런 인간과 친구사이니 나도 덩달아 조금은 그럴 듯해 보이겠지 하는 묘한 안도감이 생긴다. 그래서 나는 여전히 재환이가 자랑스럽다.

요즈음 사회 곳곳에서 외국어 열풍이 불고 있다. 세계화 시대를 맞아 외국어 구사능력이 한층 더 중요해졌다는 것엔 나도 역시 공감한다. 하지만 외국어를 아무리 잘한다고 해도 우리말과 글을 제대로 구사하지 못한다면 이것은 속 빈 강정일 뿐이다. 외국어를 잘 못하는 것은 불편한 일이지만 우리말을 제대로 구사하지 못하는 것은 수치스러운 일이라는 것을 이 책을 읽으면서 다시 한 번 절감하게 되었다. 그리고 재환이가 이 책에서 지적하고 있는 문제, 즉 생활환경으로서 아름다운 '문자환경'을 가꿔나가는 일이 얼마나 중요한 것인지도 실감할 수 있었다. 그런 점에서 다행스러운 건 내가 진행하는 텔레비전 음악 프로그램의 무대에 예쁜 한글글씨로 '콘서트 7080' 이라고 쓴 이름표가 달려 있다는 거다.

이 책을 읽으시는 분 중엔 혹시라도 이런 생각을 하실 분이 계실지도 모른다.

"정재환 이 친구, 너무 잘난 체 하는 거 아냐?"

7

하지만 나는 재환이가 뽐내려고 이 책을 쓴 게 아니란 걸 잘 안다. 우리 모두 이 문제에 대해서 곰곰이 생각해 보자는 간곡한 부탁일 것이다. 죽은 사람 소원도 들어준다는데, 저녁마다 '음악캠프'를 듣듯이(?) 다들 귀를 쫑긋 세우고 경청해보자. 만에 하나 정재환 이 친구에게 잘난 체를 하겠다는 불순한 의도가 있다고 해도 우리가 손해 볼 일은 없지 않은가.

"재환아, 앞으로도 계속 잘난 체 해라."

나에게
계란 아니면 달걀을 다오

아 다르고 어 다른 게 말이라고 했다. 이 말은 우선 '아' 와 '어' 가 다르다는 거다. 그러니 '아' 든 '어' 든 정확하게 하자는 뜻이다. 좋다는 건지 싫다는 건지, 맞았다는 건지 틀렸다는 건지, 가자는 건지 말자는 건지 분명하게 하자는 거다.

한동안 난 '가양' 과 전쟁을 치러야 했다. 아내는 툭 하면 식탁 '가양' 에 물을 흘리지 말라거나 세면대 가양에 묻은 비누거품을 닦아달라고 성화였지만, 난 식탁 '가장자리' 에 물을 흘리지 않기 위해 애를 써야 했고, 세수를 한 다음이면 세면대 '가장자리' 를 내 얼굴 이상으로 깨끗하게 씻어내느라 노력해야 했다.

요즘 아내는 웬일인지 '계란부침' 이나 '겨란찜' 을 자주 내놓는다. 그러다가도 어느 날은 라면을 끓여주며 '겨란' 이 떨어져서 넣지 못했다고 미안해하기도 한다. 그때마다 난 이유 있는 투정을 한다.

"난 정말 겨란이 싫어. 그러니 나에게 계란을 다오! 계란부침, 계란찜, 계란말이, 계란탕, 계란 계란 계란 계란 계란 계란 계란! 아니면 달걀을 주던가."

실수를 순순히 인정하면서도 '겨란'을 반복하는 아내가 어느날 갑자기 이혼이라도 하자고 하면 어떡하나?

"도대체 왜 이혼을 하시려는 겁니까?"

"겨란 때문입니다."

"아닙니다. 계란 때문입니다."

성격 차이도 아니고 가정폭력 때문도 아니고 계란 때문이란다. 세상 사람들이 우릴 이해할 수 있을까? 얼마 전 폭발적인 인기를 누린 드라마 '파리의 연인'에서 뜬 유행어가 있다.

"애기야 가자."

박신양의 하늘을 찌르는 인기로 "아기야 가자"라고 했다면 어땠을까? 이상했을까? "세상 사람들이 다 '애기'라고 하는데 박신양은 왜 '아기'라고 하는 걸까? 세상에, 알고 보니 '아기'가 맞는 말인 거 있지! 나도 이제 애기라고 하지 말고 아기라고 해야겠다." 하며 창피해하고 감동하지는 않았을까?

"엄기영 앵커가 뉴스를 하는데, 거 좀 이상하더라. '매니아'를 '마니아'라고 하는 거 있지. 왜 그랬을까?"

정말로 '왜 그랬을까' 의아하게 생각하고 사전을 들춰 본 사람이 있을까? 얼마 전 최일구 앵커의 말이 떴다. 일반적으로 뉴스에서 쓰지 않는 구어체의 말투에다 감정을 싣기도 하는 파격적인 뉴스진행이 일부 시청자들로부터 호응을 얻고 있는 것이다.

"고철 모으기 운동까지 벌어지는 가운데 한쪽에서는 맨홀 도둑이 기승을 부리고 있습니다. 사고 위험이 큽니다. 훔쳐 가신 분들 빨리 제자리에 갖다 놓으시기 바랍니다."

"멸종된 것으로 알려졌던 반달곰의 서식지가 최근 지리산에서 발견되었습니다. 하지만 정확한 위치를 말씀드릴 수는 없습니다. 왜 그런지는 여러분도 잘 아시죠?"

확실히 종전에는 들을 수 없었던 재밌는 뉴스이다. 새롭고 신선하다.

지금은 국회의원인 전 이윤성 앵커도 현역시절에 재미있는 앵커로 인기가 많았는데, 한번은 뉴스 도중 왕파리가 한 마리 날아 들어왔다. 방송국에도 파리는 있다. 문제는 그 녀석이 윙하는 요란한 소리를 내며 이 앵커 주위를 맹렬하게 날아다녔다는 거다. 자연히 뉴스를 보던 시청자들의 신경이 파리 쪽으로 쏠렸을 텐데, 무엇보다도 끊임없이 뉴스 원고를 읽어야 하는 이 앵커에게 매우 힘든 순간이었으리라. 헌데 뉴스를 읽던 이 앵커의 시선이 뉴스 원고를 떠나 한동안 파리를 쫓아다니더니 카메라를 보며 이렇게 말했다.

"파리입니다."

누가 파리인 줄 모르나. 너무나도 뻔한 말이었지만 그 말 한 마디가 좀전의 어색함과 긴장감을 한방에 날려버리며 내 웃음을 터트렸다. 뉴스를 하는 앵커의 뜻밖의 모습을 발견한 순간, 그도 우리와 똑같은 인간이라는 점(앵커도 파리를 의식한다!), 게다가 유머감각도 갖고 있다는 점에서 큰 매력을 느꼈다. 마찬가지로 구수한 외모에 "훔쳐 가신 분들 빨리 제자리에 갖다 놓으시라"며 절묘한 입담과 유머를 선보인 최 앵커의 모습에서도 인간적인 매력을 느낀 것이리라.

하지만 다음과 같은 건 생각해 볼 필요가 있다.

"네, 7호 태풍 민들레가 홀씨가 되어 소멸되었습니다. 다음 태풍도 장미 국화 채송화 이렇게 꽃으로 이름 지으면 중간에 없어지지 않을까요?"

만일 태풍 민들레가 엄청난 피해를 안겨주고 갔다면 도저히 구사할 수 없는 유머였을 거다. 뉴스앵커가 어렵다는 게 바로 여기에 있다. 뉴스 언어는 표준어라야 하고, 정확하고 간결하며 품위가 있어야 한다. 또한 희로애락이나 편파 감정이 드러나지 않아야 한다. 이런 원칙 위에 유머라는 새로운 변화를 주려니 보는 사람은 쉽지만 본인은 어려운 것이다.

말과 글은 삶과 세상을 반영한다고 한다. 딱딱하고 형식적인 말과 글은 무미건조한 삶을, 삭막한 말과 글은 삭막한 세상을 반영하며 따뜻하고 사려 깊은 말과 글은 보다 인간적인 세상을 반영하는 것이다, 세상을 좀 더 새롭게, 신선하게 바꾸어보려는 노력이 뉴스의 이런 변화를 이끌었으리라.

하지만 변화를 꾀하는 것도 필요하고 즐겁고 명랑하게 사는 것도 좋지만 무엇이든 바탕과 근본을 잊어서는 곤란하다. 그것은 바로 우리가 바른 말, 바른 글을 사용하고 있는가 하는 것이다. 원칙도 기준도 없이 어지러운 말과 글을 사용한다면 그것은 바로 우리가 그만큼 원칙 없는 어지러운 사회를 살고 있다는 말이 될 것이기 때문이다.

"사람이 살다 보면 뭐 실수할 수도 있는 거고, 그리고 좀 편하게 사는 게 좋은 거 아냐!"

그 말도 아주 틀리지는 않는다. 나 역시 방송을 하면서 허구한 날 실수하고 지적받고 욕먹고 그러지 않는가! 그래도 우리말과 글을 바르게 쓰고 사랑하고, 그럼으로써 우리 사회에 아름다운 언어문화를 일구어나가야 한다는 생각에는 변함이 없다.

늘 부족하지만 이번 글에서는 우리의 생활환경으로서 문자환경의 중요성에 대해서 생각해 보고자 한다.

2005년 3월

우리말지킴이

일러두기

1 이 책에 나오는 사진들 중 일부는 저자가 인터넷의 카페 등에서 퍼온 것입니다. 저작권자가 확인이 된 경우는 일일이 연락을 드려 게재 허락을 받았으나 일부는 출처를 확인해도 연락이 닿지 않아 부득이 그냥 실었습니다. 이 책에 인용된 사진들 중 본인이 저작권자이나 출판사로부터 연락을 받지 못한 경우에는 김영사 편집부로 연락 주시기를 바랍니다. 감사합니다.

2 이 책의 사진에 등장하는 전화번호와 자동차 번호는 업체와 개인의 사생활 보호를 위해 일부 또는 전부를 변경한 것이니 이 점 착오 없으시기를 바랍니다.

제 1 장

웃기는
짬뽕의나라

엄청 비지하지만 그래도 해피해요

우리나라의 정식국호는 대한민국이다. 보통은 '한국'이라고 하고 '코리아'라고도 한다. 코리아가 고려에서 나온 말이라는 건 삼척동자도 다 아는 사실이다. 이 코리아를 로마자로는 'Korea'라고 쓰는데, 본디 'Corea'인 것을 그 순서가 'Japan'의 'J'보다 빠른 것을 시기한 일본이 'C'를 'K'로 바꾼 거니 다시 'Corea'로 되돌리자는 주장도 있다. 지난 월드컵 이후 다른 나라와 자웅을 겨루는 축구경기 같은 걸 보면 스탠드에 'Corea'라고 써놓은 게 눈에 많이 띈다.

어쨌거나 국호부터가 꽤 복잡한 나라가 바로 우리나라이다. 나라의 수도는 서울이다. 조선왕조 5백 년 동안 수도였던 한성이 여전히 우리나라 수도로서의 기능을 하고 있다. 로마자로는 'Seoul'이라 쓴다. 1988년에 열렸던 올림픽을 흔히 서울올림픽이라고 한다. 스포츠의 제전을 계기로 온 세계에 '서울'이라는 이름이 전파를 타는 순

간이었다. 그런데도 가장 가까운 이웃나라 중국은 서울을 여전히 '한성'이라고 표기하며 자기들 멋대로 부르고 있다. 한때 조선을 지배했던 일제의 후손들이 살고 있는 일본도 '경성'이 아닌 'ソウル(소우르)'라고 비교적 '서울'에 가깝게 표기하고 발음하고 있는데 말이다. 이에 서울시가 서울의 중국식 표기를 漢城에서 '서우얼'로 발음되는 首爾로 바꿔달라고 중국에 요청했으나 중국쪽 반응이 시큰둥한 모양이다.

어쩌면 중국인들은 우리나라를 여전히 중화세계의 조그만 변방국가로 생각하고 있는지도 모른다. 동방예의지국을 좋게만 생각하면 동쪽의 예절바른 사람들이 사는 나라 정도로 해석할 수 있겠지만, 도대체 누가 누구에게 예절바르게 행동했다는 건지를 따져보면 결코 기분 좋은 얘기 아니다. 바로 이게 한자로 번지르르하게 포장된 '東方禮義之國'이란 말의 진짜 속뜻이다. 게다가 최근에는 동북공정 어쩌고 하면서 고구려를 자기네 역사라고 주장하고 있으니, 세상이 온통 자기네 나라에 속해 있다고 생각하는 중국인들의 중화사상은 예나 지금이나 한 치도 달라지지 않는 것 같다.

근대사에서 영국을 비롯한 서구제국주의 나라들에 톡톡히 망신을 당하고 스타일을 구겼던 중국이 다시금 국력을 회복하며 주위를 업신여기려 하는 것인가? "자식들 도대체 무슨 수작이야?" 하고 핏대를 올리다가도 정작 우리 자신을 돌아보면 할 말도 없다. 일본 총리의 야스쿠니 신사 참배와 역사교과서 왜곡에 대한 뜨뜻미지근한 정부의 대응, 미국의 압력에 따른 이라크 파병…… 국제사회에서 이토록 처량하기 짝이 없는 게 우리의 자화상인데, 대체 'Dynamic

웰컴투서울
일산에서 자유로를 타고 서울 오다 보면 행주산성, 월드컵대교 지나서 가양대교가 있는데, 여기서부터 서울
이란다. 서울의 첫 관문에 로마자만 대문짝만하게 써 놨다. 제대로 쓴 건가?

‘Korea’는 뭐고 ‘hi Seoul’은 뭔가? 엊그제 수원 화성을 보러 갔었
는데 거리 곳곳에 써 붙인 ‘Happy Suwon’도 정말 가관이었다. 요
즘 우리나라 텔레비전을 통해 광고하는 일본의 ‘yokoso Japan’이
란 문구와 너무나 대조적이지 않은가? 왜냐하면 우리는 늘
‘Welcome to Korea, Welcome to Seoul’이니까.

 우리는 왜 일본처럼 하지 못하는 걸까? ‘yokoso Japan’이란 문
구는 ‘ようこそ 日本’을 로마자로 쓴 것에 다름 아니다. 그러니까 곧
‘어서오세요 일본으로!’, 혹은 ‘환영 일본’이란 말이다. 그런데 우
리는 왜 그들처럼 ‘eoseooseyo Seoul’이라고 하지 못하는 걸까?
‘eoseooseyo’가 너무 길면 ‘eoseowayo Seoul’이라고 해도 되고
아니면 ‘annyeong Seoul’이라고 해도 좋을 것이다.

현재는 단기 4337년이다. 그러므로 우리나라는 오천 년 역사를 지녔다. 서기 전 2333년에 시작된 단군기원의 역사를 갖고 있다. 뚜렷한 역사적 사실임을 고증하는 기록이 없으니 단지 신화나 전설일 뿐이라고, 우리 스스로 우리의 역사를 부정하지는 말자. 일본이나 중국의 건국신화의 황당함도 우리보다 더했으면 더했지 결코 못하지 않다. 좌우지간 언뜻 따져 봐도 오늘의 대한민국은 하나의 역사와 한반도라는 고정된 영토, 비교적 단일한 핏줄의 끈끈함으로 연결돼 있다. 그리고 우리에겐 우리 고유의 말과 우리 고유의 글자인 한글이 있다.

민족이란 그런 것이다. 어떤 이들은 민족을 상상의 공동체라고도 한다. 그래서 민족의 실체를 부정하려고 한다. 우리 안에서도 그런 이들이 있다. 그들은 한민족, 배달민족, 단일민족이란 말을 부정하려고도 한다. 특히 외침과 굴욕, 수모의 역사를 얘기하며 '단일민족'이란 말에 거부감을 느끼는 이들이 있는데, 그들에게는 비교적 단일한 민족이라고 말해주면 어떨까 싶다. 어쨌거나 민족이란 말이 존재하는 것처럼 민족은 버젓이 실재하는 것이라고 말하고 싶다. 남북이 통일해야 하는 첫째 이유로 "우리는 같은 민족이니까."라고 하는 것은 틀리지 않는다. 그게 틀리면 "다른 민족인데 무엇 때문에 통일을 해?"라는 말이 대번에 나올 것이다.

우리는 하나. 핏줄도 (비교적)하나, 언어도 하나!

한때 원정출산이 사회문제가 되기도 하였다. 문제만 됐고 해결은 되지 않았을 것이다. 아무튼 그들이 원한 대로 원정출산을 통해서 아기의 국적을 바꿀 수는 있었을 것이다. 그러나 미국이나 캐나다에서 태어나는 아기라 해도 하얀 피부를 하고 태어나지는 않는다. 검은 피부로 태어나지도 않는다. 한민족, 조선족이 앵글로색슨족이나 게르만족이 되지는 않는다. 이런 식의 얘기에 신경이 날카로워지기 전에 얼른 본론으로 들어가자.

'우리 것이 좋은 것이여!'를 소리 높이 외치면서도 값비싼 수입명품으로 온몸을 치장한 자들이 거리를 활개치고 다니는 게 오늘 우리의 현실이다.

"이것은 얼마니 이것은 바로사체, 이것은 구짜 이것은 팔에가머, 이것은 노비똥! 나로 말할 것 같으면 럭셔리 강이여." 이 개그는 외제 명품을 맹목적으로 선호하는 우리의 모습을 희화화하고 있다. 외제에 대한 선호는 물건뿐만 아니라 말에까지 퍼져있다.

"걔는 참 터프하면서도 나이브하지 않니? 분위기를 업 시키려면 좀 더 섹시하게 히프를 흔들어야지. 요즘 여기저기 콜이 많아서 엄청 비지하지만 그래도 해피해요. 너 다이어트 한다더니 석세스했구나, 어쩜 그렇게 슬림해졌니? 정말 오바하고 있네!"

이런 식으로 얘기하면 과연 지적이고 세련돼 보일까? 이런 말들이 우리의 일상공간은 물론 방송에도 많이 등장하는 이유와 배경은 무엇일까?

"이번에는 아이템을 잘 초이스해야 돼. 안 그러면 스타트부터 꼬일 수가 있어. 프로그램의 컨셉에 잘 맞춰서 아이템 잡고 인물 콘택

하고, 대본 라이팅하고 촬영장소 헌팅하고, 특히 리포팅을 다이내믹하게 하는 애를 써야지 아니면 루즈해져서 못써. 마스크만 좋다고 해결되는 게 아냐. 코디한테 얘기해서 의상이나 헤어, 메이크업에 각별히 신경쓰라고 해. 다들 알겠지만 요즘은 엽기가 트렌드니까 절대로 오소독스하게 하지 말라고 해. 그리고 지난번처럼 헛소리해서 모니터에 씹히지 않도록 멘트에 신경쓰고 인물을 처음부터 끝까지 타이트하게 팔로우하라고 해!"

방송 프로그램을 제작하는 어느 피디가 한 말인데, 말 마디마디에 배어있는 방송 전문어와 유창한 영어(?) 구사가 방송에 대한 동경심과 신비함마저 느끼게 해줄까? 사실 이 정도 영어 구사는 방송국이 아니어도 어디서나 들을 수 있다. 한번은 서점에서 책을 고르고 있는데 옆에 있던 아주머니가 이랬다.
"역시 사람은 북을 읽어야 해요."
왜들 이렇게까지 영어에 쏠리는 걸까? 한림대의 김영명 교수는 머지않아 우리의 언어생활이 이렇게 바뀔 것이라 예견했다.

"오늘 아침 일어나 university에 갔다. girl friend인 classmate와 가벼운 말싸움을 하여 기분이 gloomy했다. economics professor의 lecture는 정말 boring했다. 언제나 같은 note이다. lunch는 sandwich를 먹었는데, pork ham이 오래 되었는지 taste가 not so good이다."

하긴 이미 '영어공용화' 운운하는 주장까지 나왔었으니 참으로 걱정스러운 세태이다. 심지어 어떤 이들은 우리가 왜 과거에 미국의 식민지가 되지 않고 일본의 식민지가 되었을까 하고 안타까워 한다. 왜 우리는 불편하게 한국말을 쓰는 걸까, 나는 왜 미국이나 호주에서 태어나지 않았을까?

지랄염병이 달린다

　처음에는 다소 어리둥절해했지만 이제 사람들은 거리를 질주하는 '지랄염병(GRYB)'에도 익숙해졌다. 그게 지선인지 간선인지 뭔지는 시작부터 알 수 없는 노릇이었다. GRYB라고 쓴 것을 본 외국사람들도 궁금해 하기는 마찬가지이다. 초록색 버스라서 'G'라고 썼다고 하니 엄청 웃는다.

　2004년 9월 21일자 한겨레신문을 보니 독일 보훔 대학에서 한국학을 공부하는 필리펜 군은 현재 한국을 방문, 모 신문사에서 실습 기자 생활을 하고 있는데, "버스 옆에 커다란 알파벳(G·R·Y·B)이 적혀 있지만, 이 글씨들은 아무런 정보를 주지 못하고요, 정작 정보를 줘야할 정류소 안내도에는 영어가 없네요."라고 말했다. 그러니 이건 상식을 벗어난 일이다. 글쓴이가 가슴에 아무 쓸모없는 '키큰 사람'이라는 표식을 달고 다니거나, 혹은 엄청 재수 없게도 '원조꽃

서울의 새 버스들
맨 위 왼쪽부터 시계방향으로 지랄염병이다. 어딘가 인터넷사이트에서 퍼온 사진인데 어쩌면 이렇게 순서까지 딱딱 맞을까?

'미남'이라고 쓰고 다니는 것과 같다. 장동건이 '얼짱', 권상우가 '몸짱'이라고 쓴 손수건을 가슴에 달고 다니는 격이다. 게다가 그들은 굳이 'G'라고 써주지 않아도 초록색인줄 안단다. 누굴 색맹인줄 아나?

그러니 그저 장식일 뿐 아무런 의미가 없었다. 그냥 한글로 '간선'이라고 쓸 생각은 왜 하지 못했을까? 누군가 "대한민국 서울에 놀러갔더니 '간선'이라고 한글로 쓴 버스가 다니더라. 역시 우리랑 다르던데."라고 했을지도 모르는데. 삼태극 같은 문양을 넣을 생각은 왜 하지 못했을까?

"저건 무엇입니까?"
"저건 삼라만상의 섭리를 의미하는 대한민국의 전통적인 문양입니다. 우리나라 국기인 태극기에도 저 문양이 들어가 있죠."

이게 우리다운 거 아닐까?

더러는 뭐 그깟 걸 가지고 신경을 곤두세우느냐는 분들도 있다. 버스에 로마자 몇 자 썼다고 큰일날 것도 아닌데 웬 호들갑이냐는 거다. 그러면 GRYB는 왜 쓴 걸까?

"요즘 분위기랄까 추세랄까, 뭐 특별한 의미와 의도는 없었지만 아무튼 한글로 어설프게 쓰는 것보다는 보기 좋지 않아요?"

난 디자인에 문외한이지만, 세상에 존재하는 모든 것에 존재의 이유와 의미와 철학이 있는 것처럼 디자인에도 의미가 있고 철학이 있는 것으로 안다. 그런데 그게 지랄염병 디자인의 의미와 철학이라고 한다. 이런 식의 '생각 없음'과 '줏대 없는 쏠림'이 난무하는 세상답게 급기야는 이런 것까지 등장했다(27쪽 사진 참조).

물론 우리가 사는 세상에는 다양한 생각이 공존한다. 이런 문제보다 더 심각한 일이 수두룩하다고도 한다. 그러나 지금 이 순간만큼은 '지랄염병'에 흥분하는 이들의 얘기를 좀 들어보자. 오죽하면 헌법재판소에 소송까지 냈겠는가.

한글문화연대(대표 김영명)는 서울 시내버스의 영문 도안을 없애 달라는 취지의 헌법 소송을 9월 22일 오후 4시에 헌법재판소에 청구합니다.

빨간색 자가용에도 등장한 'R'. 버스에 크게 써 붙인 'R'이 그렇게 부러웠나?

소장에서 한글문화연대는 서울시가 8천여 대 이상의 시내버스에 아무 의미도 없는 영문 도안을 크게 집어넣는 정책을 강행함으로써 다음과 같은 헌법상의 기본권을 침해하고 있다고 밝힙니다.

첫째, 언어생활에 관한 국민의 행복 추구권(헌법 제10조)을 침해함으로써 언어생활의 혼란을 초래하고 있다.

둘째, 독점적 공공재인 시내버스에 대한 행정 지도 과정에서 소비자인 시민의 편의를 무시한 도안을 넣음으로써 헌법 124조에 보장된 소비자의 권리를 침해하였다.

셋째, 전통 문화의 계승 발전과 민족 문화의 창달이라는 문화 국가의 원리(헌법 제9조)를 위반함으로써 영어 숭상의 문화적 사대주의를 조장하고 있다.

넷째, 국민 생활에 큰 영향을 미칠 버스 도안의 확정과 집행 과정에서 국민 의견을 반영하는 절차를 밟지 않음으로써 적법 절차의 원리(헌법 제12조)를 위배하였다.

이 소송에는 한글문화연대와 뜻을 같이 한 한글학회, 외솔회, 세종대왕기념사업회, 우리말살리는겨레모임 등 20여 한글관련 단체 대표 및 소속 회원, 한글문화연대 회원 외에도 일반 시민 200여 명이 원고인으로 참여하여 총 500여 명의 공동 원고인단이 구성되었습니다. 참여해주신 여러분 고맙습니다. 반드시 서울시의 잘못된 정책을 바로잡겠습니다.

대부분의 사람들이 대수롭지 않게 보아 넘긴 '지랄염병'이 이렇게 심각하게 헌법이 보장하는 권리를 침해하고 있다니, 참으로 놀랄 일이다. 최근 한창 시끄러운 친일진상규명법 문제나 국가보안법 문제 못지않다.

"아유 머리 아파!"

머리 아프다고? 정말 머리 아픈 사람들은 G도 모르고 R도 모르고 Y도 모르고 B도 모르는 우리들의 할머니 할아버지 아니실까? 불우한 어린 시절을 보낸 탓에 한글도 모르는 까막눈으로 평생을 답답하게 사시다가 늘그막에 노인대학에 나가서 간신히 한글 깨치셨는데, 이제 와서 다시 문맹자로 만드는 꼴이다.

지랄염병에 대한 원성이 자자했는지 서울경제신문 2004년 10월 4일자에 다음과 같은 기사가 실렸다.

시민단체들이 외국어 남용 사례라고 비난해온 서울버스 측면의 대형 영문 로고가 사라진다. 대신 '서울사랑' '에너지 절약' 등을 홍보하는 공익광고물이 그 자리에 부착된다.

서울시는 시민들이 버스 색상을 상징하는 영문부호 'B·G·R·Y' 없이도 지선·간선·광역·마을버스 등 유형별 버스를 쉽게 구분하고 있어 공간 효율성 극대화 차원에서 영문 부호를 없애고 대신 공익광고를 게재하기로 했다고 4일 밝혔다.

이에 따라 시는 우선 서울시내를 운행중인 8천여 대의 버스 중 1천 대에 '서울사랑' 캠페인 광고를 붙여 시민들의 반응을 살핀 후 단계적으로 전체 버스에 확대 시행하기로 했다.

하지만 시가 이처럼 측면의 대형 영문 로고를 없애기로 한 것은 공간 효율성 제고보다는 한글학회·한글문화연대 등 한글 관련 단체들의 지적을 받아들인 것으로 해석된다.

한글 관련 단체들은 지난 7월 시가 새 버스 디자인을 선보이자마자 자치단체가 한글 파괴에 앞장서는 꼴이라며 이에 대한 시정을 요구했다.

지난달 21일에는 결국 한글문화연대와 세종대왕기념사업회 등 20여개 한글 단체들이 '서울 시내버스에 새겨진 영문 도안이 한국인 언어생활의 혼란을 초래하고 있다'며 이를 고치기 위한 헌법소원을 냈다.

이어 22일에는 한글학회가 시내버스 영문 도안 등 불필요한 외국어 남용으로 한글을 짓밟고 있다며 감사원에 서울시에 대한 감사 청구서를 내기도 했다.

반갑다 '서울사랑'

강승규 홍보기획관은 "영문 로고를 대체하는 공익광고의 종류도 에너지 절약, 대중교통 홍보 등으로 다양화할 계획"이라며 "특히 대중교통을 홍보하는 캐릭터를 개발해 광고에 등장시키는 방안을 추진 중"이라고 말했다.

진작 그렇게 했으면 얼마나 좋았을까? 첫 단추를 잘 꿰었으면 서로 핏대 세우고 얼굴 붉힐 일도 없었을 텐데. 아직도 서울시내에 'GRYB'가 더 많지만 차츰 '서울사랑'으로 바뀌고 있다.

할머니는 왜 도로 시골로 가셨을까?

2002년에 월드컵을 치를 때 서울시에서는 택시 승강장을 새로 만들었다. 모양도 산뜻하고 색깔도 내 눈에는 예뻤는데 글자가 문제였다. 시골에서 올라오신 할머니가 택시를 못타고 도로 시골로 내려가셨다.

도무지 택시 타는 곳이 어딘지 알 수가 없어서 한글을 좀 넣어 달라고 서울시에 진정서를 냈다. 시간이 조금 걸렸지만 얼마 후 놀랍게도 다음과 같이 바뀌었다(33쪽 사진 참조).

그런데 한글이 들어가니 촌스럽다는 자가 있었다. 로마자는 세련되고 한글은 촌스럽다? 어이 없고 허탈하다.

사실 사진을 비교해보면 영문글자보다 한글 '택시'의 글자 디자인이 떨어지는 건 사실이다. 추측컨대 이미 예산을 다 써버린 터라 새롭게 디자인하는 데 쓸 돈이 없었을 것이다. 처음부터 잘 했으면 국

택시 승강장1
2002년 1월 혹은 2월(행인들이 입고 있는 겉옷이 두껍다) 어느 날, 산뜻하게 첫선을 보인 택시 승강장. 그러나!

택시 승강장2
몇 달 후 새롭게 단장하고 나타난 택시 승강장.

민의 혈세를 낭비하지 않고 좋았을 텐데.

요즘도 마찬가지지만 당시 올림픽대로와 강변북로에는 월드컵경기장까지의 거리를 알려주는 새 표지판이 많이 붙어있었다. 그런데 유심히 본 사람들은 느꼈겠지만 이름과 글자가 좀 이상하다. 우리는 보통 '상암동월드컵경기장' 또는 '월드컵상암경기장'이라고 하는데 그 이정표에는 '世界杯体育場'이라고 써 있다. 뭘까 했는데 월드컵을 보러온 중국사람들을 위해 만든 표지판이었다. 이런 걸 2킬

세계배체육장

Hi Seoul과 現代建設
한글은 어디로 갔나? 우리나라 사람들을 위한 알림판인데.

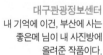

대구관광정보센터
내 기억에 이건, 부산에 사는
좋은메 님이 내 사진방에
올려준 작품이다.

로미터 정도 간격으로 엄청 붙여 놨다. 내가 그때 유심히 관찰하지는 않았지만 우리나라에 놀러온 중국사람 중에 직접 운전한 사람은 거의 없었다. 게다가 중국어를 전공한 어느 분이 그러는데 '場' 자는 요즘 중국에서는 쓰지 않는 글자라고 한다. 간체자를 쓰기 때문이다.

이 대목에서 한 가지 꼭 짚고 넘어가야 할 게 있다. 여기는 대한민국이다. 월드컵을 치르는 해라 외국사람들이 우리나라를 많이 찾을 거라 생각했겠지만 그들에 대한 친절 이전에 대한민국 국민에 대한 기본적인 배려와 정책이 우선해야 한다.

평생 통영에 살다가 처음 서울에 온 통영시민이나 중국인이나 월드컵경기장 모르기는 마찬가지이다. 주객이 전도되고 본말이 뒤바뀌면 안 된다. 친절을 베푸는 건 좋지만 손님이 주인행세를 하는 건 곤란하다. 34쪽 맨 아래의 안내판도 마찬가지이다. 한글로 제일 크게 '대구관광정보센터'라고 쓰고 한자든 영어알파벳이든 가나문자든 뭐든 그 다음이다.

단거는 위험해

어렸을 때 시골에서 기차를 타고 서울에 막 도착한 삼촌은 이렇게 말했었다.

"역시 서울스타티온이 참 크고만!"

당시 역사에는 'SEOUL STATION'이라고 대문짝만하게 적혀 있었다. 길 한쪽에서 뭔가 공사를 하고 있었는데, 안내판에서 'Danger'를 발견한 삼촌은 길 가던 행인들을 향해 소리쳤다.

"단거!"

지금 들으면 매우 썰렁한 유머지만 일찍이 우크라(UCLA) 티셔츠에 내용을 알 수 없는 티메(Times) 지를 옆구리에 끼고 다니던 세대라면, 아버지의 비싼 POLO 티셔츠를 입고 나갔다가 친구들 앞에서 '포로' 취급을 당한 적이 있는 세대라면, 이런 유머가 낯설지 않을 것이다. 그런데 그 문제의 '단거'를 나는 요즘도 심심찮게 본다.

단거
외국인을 위해 영어를 병기한 거라면 왜 좀 더 친절하게 본문도 영문 병기를 하지 않았을까? 정말로 중요한 본문의 내용이 궁금하면 한국어를 열심히 공부하라는 건가?

위험이라고 쓰인 글자 옆에 괄호를 치고 'Danger'라고 또렷하게 써놓았다. ㅅ 대학 어느 건물 계단 난간에 붙어있는 것인데, 이 대학에는 한국 학생뿐만 아니라 외국에서 유학온 친구들도 있다. 흐뭇한 일이다. 우리도 외국을 배우러 나가지만 우리를 배우러 오는 외국인들도 있다. 게다가 숫자가 점점 늘고 있으니 참으로 반가운 일, 친절하게 잘 가르쳐서 확실하게 우리 친구로 만들자!

그렇다면 'Danger'는 그들을 위해 써넣은 걸까? 위험하다! 도대체 뭐가 위험하다는 걸까? 계단에 누가 폭탄이라도 설치해 놨다는 걸까, 아니면 이 계단은 언제 붕괴될지 모르니 쿵쿵 세게 밟지 말고 조심조심 다니라는 걸까? 대체 뭐가 위험하다는 걸까?

그러니 이 안내문에 들어있는 'Danger'는 정작 그들에게는 아무런 도움을 주지 못한다. 정말로 그들을 위해 배려한 것이라면 그 아래 중요한 내용도 영문으로 혹은 중문으로 써주었어야 한다. 그러나 유감스럽게도 귀찮았는지 그런 성의는 보이지 않았다. 그러므로 'Danger'는 어디까지나 우리끼리 보겠다는 내국인용 안내판에 괜히 들어가 있는 것이다. 따져보면 불필요한 것인데 쓸데없는 짓을 왜 했을까, 폼으로 넣은 건가? 그렇다면 단거는 똥폼이다.

이거 말고도 우리 주변을 잘 살펴보면 단거 사촌으로 'notice'와 'caution'이 있다. 대개 '알림' 또는 '주의'라는 말과 함께 괄호 속에 병기해 놓았는데, 위의 'Danger'처럼 정작 중요한 내용은 국문 뿐이다.

이보다 심한 예로는 도로의 'yield' 표지판을 들 수 있다. 내가 다니고 있는 대학의 어느 교수님 증언에 의하면, 옛날에 혜화동 로터리에 단지 로마자로만 'yield'라고 쓴 도로표지판이 있었다는 거다. 젊었을 때부터 영어에 관심을 갖고 열심히 공부하던 자신에게도 낯설게 느껴지는 낱말이라 사전을 찾아보았더니, '양보'라는 뜻이었다고 한다. 그러면 도대체 당시 혜화동 로터리를 지나는 운전자 가운데 누구를 위하여 'yield'라는 도로표지판을 버젓이 달아놓았느냐는 거다. 그래도 다행스러운 건, 어느새 문제의 그 도로표지판이 '양보'와 'yield'를 병기한 형태로 바뀌었다는 것이다.

다음 사진은 지난해 겨울 일본 오사카에 있는 우메다 역 근처에서 찍은 것이다. 역장과 아무개 경찰서장의 이름으로 이곳을 지나는 시민들에게 뭔가를 당부하는 글인데, 보시다시피 우리 동네에 붙은 것 같은 'caution'은 없다.

'주의'라는 글자 앞에 붙은 일본어 'ご'는 높임의 뜻이다. 명사 또

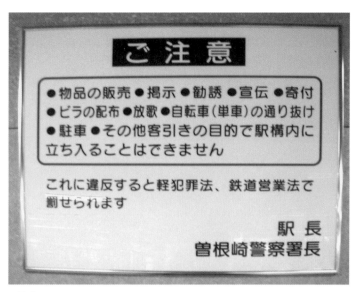

고주의

는 동사 앞에 붙여 상대를 존중하는 뜻을 보인다. 이 작은 간판에서
조차 행인, 곧 국민을 높이 우러르는 자세를 엿볼 수 있다. 명령조와
지시어 일색인 우리나라의 많은 안내문과 비교되지 않는가.

제 2 장

안녕하세요?
골뱅이 형님

두 분의 '백년회로'를 기원합니다

글쓴이는 방송에 종사하는 사람이다. 나는 방송의 내용도 중요하지만 표현도 중요하다고 생각한다. 어법을 무시하고 비속어를 남발하며 막말을 하고 외국낱말 부스러기를 액세서리인양 둘러대는 것은 결코 바람직하지 않다. 방송 역시 자연환경 못지않은 생활환경이라면 거기서 나오는 말이 바르고 건강해야 한다. 방송화면에 수시로 등장하는 자막도 매우 중요한데, 언젠가 한글문화연대의 김영명 대표가 내게 물었다.

"방송국에서 일하는 사람들은 다 중졸입니까?"

"네?"

"우리 애가 고등학생인데 텔레비전을 보면서 자꾸 이래요. 아빠, 저 자막 틀린 거죠? 정답은 맞히는 건데 맞췄다라고 하잖아요. 얼음을 어름이라고 썼어요. 백만불 미스터리란 프로그램도 있는데 저건 또 미스테리라고 썼고요. 슈퍼처방전이 맞을 텐데 수퍼처방전이라고 썼네요, 라고요."

그날 난 정말 창피했다. 차라리 자막을 쓰지 말지. 어떤 건 쓰지 않아도 될 것을 괜스레 써가지고는 망신을 자초한다. 다행히 대표의 자제가 똑똑해서 망정이지 어떤 아이들은 방송을 보며 맞췄다, 어름, 미스테리, 수퍼가 맞는 줄 알 것이다. 대형사고다. 사실 이뿐만이 아니다. 일일이 열거할 수 없을 정도로 엄청난 실수가 저질러지고 있다. 몇 가지만 나열해 보자.

두 분의 백년회로[백년해로]를 기원합니다.
예상 밖에 어의없는[어이없는] 일이 발생했습니다.
술을 먹더니 소리를 지르고 주먹을 휘둘르는[휘두르는] 등 갈수록 점입가경[태산]이었습니다.
커다랗게 뚫린 구멍을 덥느라[덮느라] 주변에 있던 나뭇가지를 긁어 모았습니다.
봄철 향락질서[행락질서]가 어지럽습니다.
저에게 여쭈어 오는 사람이[물어보는 분들이] 많은데요.
수도가 끈겼습니다[끊겼습니다].
집중하지 않으면 틀리기 쉽상[십상]입니다.
하늘을 날라다니는[나는/날아다니는] 행글라이더 .

대본은 작가의 얼굴이요, 화면은 연출자의 얼굴이다. 대한민국의 명문대학을 나와서 그 어려운 언론고시를 통과했다는 사람들이 이 무슨 만행이란 말인가? 잘하자. 모범을 보이자. 방송에 나오는 출연자들이 아무렇지도 않게 비속어를 남발하는 것도 듣기 거북하다.

"정말 쪽팔려서 혼났어요."
"어머, 방송에서 그런 말 쓰셔도 되나요?"
"그럼 뭐 '개쪽팔린다' 고 하나요?"

청소년을 대상으로 한 심야 라디오 방송에서 어느 디제이와 초대 손님이 나눈 대화라고 한다. 우리는 언제부터 '쪽팔린다' 는 말을 쓰기 시작했을까?

글쓴이가 중학교 다닐 때도 이 말이 쓰인 것 같으니 잘은 모르지만 한 삼십여 년쯤 되지 않았을까? 어쨌거나 그 때는 애들이나 쓰는 점잖지 못한 말이었는데 이제는 남녀노소가 즐겨 쓰는(?) 대중적인 말이 되었다. 이런 걸 두고 언어의 생명력이라고 할 수 있을 거다. 북한에서는 말다듬기운동을 적극 펼쳐서 '아이스크림' 이란 영어낱말 대신 '얼음보숭이' 라는 순조선어를 쓰려고 했으나 살결물(스킨로션)과 손기척(노크)처럼 잘 순화되지 않아서 예외적으로 '아이스크림' 이라는 말을 그대로 쓰고 있다고 한다. 아쉽게도 '얼음보숭이' 가 생명력이 없었던 것이다.

어쨌거나 이 '쪽팔린다' 는 말은 강한 생명력으로 언중에 파고들었고 오늘날에는 방송에도 버젓이 등장하는 당당한 지위를 획득하게 된 거다. 그런데 과연 '쪽팔리다' 는 낱말이 국어사전에 올라있을까? 놀랍게도 국립국어연구원에서 펴낸 〈표준국어대사전〉 3권 5893

쪽에 실려 있다.

쪽팔리다 동사. (속되게) 부끄러워 체면이 깎이다. ¶ 아이, 쪽팔려.
오는 길에 돌에 걸려 넘어졌어. / 쪽팔리게 이 물건들을 나
보고 길거리에서 팔라고?

왠지 골 때린다는 생각이 든다. 하지만 아무리 그렇더라도 방송에서 쓰기에는 부적당한 말일 것이다. 어라, 그러고 보니 '골 때린다'는 말도 비슷한데! 간밤에 과음했더니 정말 골 때린다, 지난번에 미팅에서 만난 여자애 얼마나 골 때리는 줄 아니, 지가 날 언제 봤다고 막 친한 척을 하는데 걔 정말 골 때리더라, 뭐 이런 식으로 마구 쓰는 '골 때린다'는 말도 국어사전에 올라있을까? 희한하게도 이 낱말은 아직 국어사전에 없다. '골 때린다'도 '쪽팔린다' 못지않게 자주 쓰이는 말인데 왜 빠졌을까? 정말 골 때린다.

어쨌든 '쪽팔린다'도 '골 때린다'도 처음에는 방송에서 꺼리는 말이었지만 지금은 방송에서 이런 말이 툭툭 튀어나와도 사람들이 별로 충격을 받지 않는다. 그런 예는 수도 없이 많다. 내친걸음에 좀더 살펴보자.

골 깨지는 줄 알았어요.
수다스럽기보다는 주접스럽죠.
끝내준다, 굉장한 이빨이죠.
오늘 따라 기분이 대따 꿀꿀하다.

이론은 다 빠삭하네요.

편지가 열라 길어서 읽기가 좀 빡세군요.

별 쇼를 다 보여주시네요.

처음부터 끝까지 개구라를 빵빵 날리는 거예요.

맞짱을 뜨실 겁니까?

정말 귀여운 고삐리 날라리 같애.

팬들이 개떼처럼 몰려 왔었죠.

허우대는 멀쩡한데 엄청 껄떡대는 거 있죠.

꼬시긴 무슨, 첫눈에 뿅 갔지요.

이런 말들이 방송에서 아무렇지도 않게 쏟아지니 '중딩'이니 '고딩'이니 하는 애들이 하는 말도 별반 다를 게 없다. '초딩'도 마찬가지이다.

"짜샤가 어찌나 구라가 세고 싸가지가 없는지 졸라 뚜껑 열려서 같이 놀 수가 없어. 쪽팔려서 그냥 쌩깠다니까."

거리에서 우연히 듣게 된 어느 초등학생의 말을 그대로 옮긴 것이다. 방송언어의 엄청난 영향력을 실감할 수 있다. 어른들이 어른 구실을 제대로 못하는 사이에 아이들의 언어생활이 거칠어지고 있다. 버스 안에서도 '시ㅇ새ㅇ라열라' 등 상소리를 마구 뱉어내는 애들이 부지기수이고 지들끼리 모이는 자리라면 욕지거리 경연대회를 방불케 한다. 입만 벙긋하면 욕이다. 왕년에 욕 한 번 안 해본 사람 있겠냐마는 정말 얼굴 뜨거워진다.

서울 강남의 어느 학교에서는 담임 선생님이 자율학습시간에 자리에 있어야할 애가 안보여서 "어허 이 녀석 봐라. 사전에 말도 없이 사라져. 내일 나오면 단단히 혼내줘야지." 하고 벼르고 있는데 이런 문자메시지가 들어왔단다.

"선생님 오늘 도망쳐서 존나 죄송해요!"

인터넷에는 외계인이 산다

이건 또 뭔가?

ㄐㄐ납!! 囚九月 패밀뤈 궈 ⓡⓖ흑¿¿¿ 긍뒙 ⓔ 데 ㄐ.. 亞영ⓔ능흅.. .. 서울뤄 뎐학乙 家흑 ! ! !

인터넷 외계어

이른바 통신언어가 초스피드로 진보한 형태의 글, 즉 '외계어'라는 거다. 도무지 무슨 얘기인지 알 수 없다면 전문가에게 번역을 의

뢰해야 한다. 실제로 언젠가 특강을 하면서 중고생들과 몇 번 해석을 시도한 적이 있는데 전체 열몇 줄 되는 문장을 푸는 데 무려 20분 정도가 걸렸다. 냉전시대에 간첩들이 썼다는 암수표도 아니고, 고대 향가나 이두문자도 아닌데 무슨 난리인가? 이렇듯 말과 글이 기본적인 소통의 기능을 상실했다면 그 자체로 문제이다.

다음은 외계어 전문과 그 수수께끼를 풀고자 무지무지하게 애쓴 어느 고등학생의 번역문이다.

ⓝⓝ냡!! 囚九月패밀뢴궈　ⓡⓖ흑¿¿¿
안녕하세요!! 대 구월 패밀리인 거 알지요???

긍뒙ⓔ데 ⓝ.. 亞영ⓔ능 흅 . . . . 서울뤄 뎐학乙 家흑 ! ! !
그런데, 이제 나 아영이는요……서울로 전학을 가요!!!

ㅠ.ㅠ ㅎㅎㅎ ㄱㄱㄱ☆ㅠ_ㅠ 어릴 타콰큼　뎌웅 청九들乙 ⓝ드큼 설륾 家흑 . . . .
ㅠ.ㅠ흑흑흑ㅠ_ㅠ 우리 착하고 좋은 친구들을 놔두고 서울로 가요…….

굴애쉴릴 ⓔ궈 ⓡ릴ⓡ큼　囚OO女中까즼 와쒸흑 ! !
그래서 이거 알리려고 대 OO여중까지 왔어요!!

亞영ⓔ 家능궈 ☆上관 없능귀능 亞능돼흑 글애듥 ⓡ려듀九 쉭풔쉬흑

어릮因OO女中석⑨들악!! ㉯나납♡ ^^*
아영이 가는 거 별 상관 없는 거는 아는데요. 그래도 알려주고 싶어
서요. 우리 대 OO여중 식구들아!! 안녕 ^^*

어휴, 헷갈려. 나나납은 왠지 인사하는 것 같아서 안녕이라고 해석
했어요. 이거 쓰려면 상당한 시간이 걸릴텐데……그쵸?

　번역의 정확도가 얼마나 되는지는 알 수 없지만 이나마도 신통한
일이다. 머지않아 그 학생, 외계어 번역으로 밥 먹고 살지도 모른다.
　통신언어 하면 제일 먼저 떠오르는 말이 바로 '방가방가'이고 그
다음이 '안냐세여'이다. 나는 이 두 낱말이 통신언어의 등장을 알린
대표적이며 상징적인 말이라고 생각한다. 무엇보다도 중요한 건 이
들이 그 숱한 통신언어 가운데 비교적 정형화된 형태로 네티즌들의
사랑을 듬뿍 받으며 맹렬하게 쓰이고 있다는 것이다. 통신언어에 관
한 의견을 말할 때마다 난 '방가방가'에 대한 내 생각을 밝힌다. "방
가방가 정도라면 머지않아 '반갑습니다'의 통신언어 혹은 준말로
사전에 오를 수도 있을 겁니다."
　실제로 그럴 수 있다. 본디 말은 새로 생겨나기도 하고 오랫동안
쓰던 말이 변하기도 하고 심지어 없어지기도 한다. 그래서 말을 생
명체라고도 한다. 지금 우리가 쓰고 있는 '서울'이라는 말은 옛날
신라시대의 서라벌, 즉 '셔블'에서 변화된 것이라 하고 '사람'은 중
세국어에서 '사룸'이었으며 '점심'은 백여 년 전만 해도 '뎜심'이라
고 썼다. 그러므로 인터넷상에서 네티즌들을 통해 이루어지는 요즘

의 언어변화 역시 자연스러운 현상으로 받아들일 수 있으나 문제는 너무 급격하게 변하고 있다는 점과 규칙성을 상실하고 있다는 점이 충격과 혼란을 준다는 것이다.

'안냐세여'의 경우는 '방가방가'와 마찬가지로 널리 통용되고 있기에 얼마든지 수용 가능한 낱말이라 할 수 있지만 그것의 불규칙한 변형이 너무 많은 게 탈이다. '안냐세여' '안냐세염' '안냐세영' '안녕' '안뇽' 등등으로 다양하여 언뜻 보면 풍요롭게 느낄 수도 있지만 솔직히 어지럽다.

표준말이란 개념이 희박하던 시절에 독립신문을 만들던 주시경 선생이 기사를 쓸 때마다 문장이 어지러워 표준을 정하는 일의 필요성을 절감하셨던 것처럼 여전히 그와 같은 필요를 느낀다. 그대가 한번 한글맞춤법 통일안이 만들어지기 전 주시경 선생님의 처지가 돼 보시라.

남녀노소 누구나 좋아하는 '떡볶이'를 철수는 '떡복기'라 쓰고 영희는 '떡뽀기'라 쓰고, 순자는 '뗙뿕끼', 미희는 '똑뽀끼'라 쓴다면, 우리말은 아무렇게나 써도 된다거나 혹은 이러한 온갖 표기를 다 맞는 것으로 인정해야 하는 골치 아픈 문제가 생긴다. 철수만 맞고 미희는 틀렸다고 하면 미희가 삐칠 건 뻔하기 때문이다. 외국인에게 한국어를 가르칠 때도 "한국어는 아무렇게나 써도 돼요."라고 할 수 없기 때문에 표준말로서 '떡볶이'는 필요하다.

띄어쓰기는 또 어떤가?

① 떡뽀끼

② 떡뵦이

③ 떡복기

④ 떡볶기

⑤ 떡볶이

⑥ 떡뽁이

⑦ 떡복이

⑧ 떡뽂끼

떡볶이
'떡뽀끼'에 가깝게 소리나는
여덟 가지 철자.

"어데남친가서울대공언에노러가
서노리기구도타꼬똥물도구갱하거마
싯는것도목꼬쪽또하고신나게노다가
지베능밤느께드러갔는대아빠가여자
가방늦게어디럴싸도라다니다갸인쟈
기어드러완느냐고하시며회초리로종
아리럴치셔서무쟈게아팠고밤새욱신
욱씬거려잠도자지모탰댱."

우선 읽기도 어렵고 도무지 무슨
뜻인지 한참 생각해야 한다. 그렇다
면 일정한 규칙 없이 아무렇게나 띄
어 쓰면 어떨까?

"어 데남친가서…… 울대공언에
노러가 서노리기구도타 꼬똥물도구
갱하 거,마싯 는것도목꼬,쪽!!!!! 또
하고신나게노다 가지베능밤느께드
러갔 는대아빠가여자 가방늦게
어…… 디럴싸도라다니 다갸인 쟈
기 어드러완 느냐?고하시며회초리
로 종아리 럴치셔서ㅜㅜㅜ……무쟈게
아팠……고밤새욱신욱 씬거려잠도

자 지못됐댱ㅜㅜ."

더욱 혼란스러울 것은 두말할 나위가 없다. 그래서 당장은 띄어쓰기가 귀찮고 까다롭고 어려워도 질서가 편안하고 아름다운 것이라 믿는다면 지켜야 할 필요가 있는 것이다.

"지킬 건 지킨다!"

이게 피로회복에도 좋을 것이다. 따지고 보면 이 '피로회복' 이란 말도 잘못된 것이다. 마시면 마실수록 피로를 회복해서는 곤란하기 때문이다. 그러니 '원기회복' 정도가 맞는 말일 것이다. 좌우지간 요즘 일부 네티즌들이 쓰는 외계어는 소통이라는 언어 본래의 기능을 상실하고 있기에 매우 곤란하다.

인터넷 언어 얘기가 나온김에 말이 심하게 축약되는 현상에 대해서도 조금 생각해 보자. 네티즌들은 '즐팅' 과 '즐겜' 을 즐기며 산다. 이 말은 '즐거운 채팅' 과 '즐거운 게임' 을 의미한다. 어떤 이들은 백주대낮에 직장에서 '야동' 과 '야사' 를 즐기다가 망신을 당하기도 한단다. 네티즌들은 말을 줄임으로써 시간을 절약할 수 있다고 주장한다. 이런 현상은 갑자기 나타난 것은 아니다.

80년대 유행했던 '옥떨메' 는 '옥상에서 떨어진 메주덩어리' 를 줄인 말이고, '옥떨메킹조스카' 는 '옥떨메를 킹콩이 밟고 조스가 물어뜯고 자동차가 치고 지나갔다' 는 거다. 이보다 앞선 시기에는 '장미단추' 라는 게 있었다. '장거리 미인 단거리 추녀' 라는 말이다. 연인들이 즐겨 쓰던 '우심뽀까' 는 '우리 심심한데 뽀뽀나 할까?' 이다.

그렇다면 말을 줄여 쓰는 현상은 어떤 시기에만 국한되는 것은 아

니고 고금을 통하는 것이며, 동서를 막론한다. 'UN' 이니 'WHO'
니 하는 것들이 그렇고 '전경련' 과 '민노총' 등이 그렇다. 그런데 노
파심이지만 도대체 무슨 말인지 설명이 필요하지 않을까?

　글쓴이가 꾸리고 있는 '한글문화연대' 를 줄이면 '한문연' 이 될 텐
데 '한문' 과 관련한 단체로 오해받기 십상이고, '성균관한글문화연
대' 를 줄이면 '성한연' 이 되므로 어감에 문제가 있다. 얼마 전까지
세상을 시끌벅적하게 했던 'NEIS' 도 한편에서는 '나이스' 라 하고
반대편에서는 '에이즈' 와 비슷하게 '네이즈' 라고 했는데, 처음부터
'교육행정정보시스템' 이라고 했다면 최소한 말장난을 하지는 않았
을 것이다. 줄이는 것도 좋지만 오해가 생기면 곤란하다.

골뱅이는 위대하다

통신언어에 부정적인 면만 있는 것은 아니다. 본디 '번개'란 말은 "대기 속에 양전기나 음전기를 띤 입자들이 서로 부딪쳐서 순간적으로 내는 강한 빛"을 의미하지만 네티즌들은 "버디버디 하다가 마음이 맞아 번개처럼 만났다."는 식으로 쓰는데, 이런 현상은 우리말의 쓰임새가 확대됨으로써 어의가 풍족해지는 것으로 받아들일 수 있을 것이다.

누리꾼(네티즌)들이 누리편지(이메일)를 주고받을 때 애용하는 '골뱅이'는 정말 기적 같은 낱말이다. 이는 영어 'at'를 대신한 낱말로 "우리가 외국어를 어떻게 받아들여 쓸 것인가?" 하는 측면에서 시사하는 바가 매우 크다. 천리안이나 하이텔 등에 누리이름(아이디)을 갖고 있었던 통신 1세대들은 그 과정을 어렴풋이 기억하거나 짐작할 것이다.

"이게 생긴 게 말이야, 꼭 올챙이 같지 않아?"

"올챙이보다는 골뱅이하고 더 닮지 않았니?"

"그래 골뱅이가 딱이다!"

아무래도 그날 우리의 통신 1세대 누리꾼 형님들이 생맥주잔깨나 기울이고 있었나 보다. 그리하여 '앳'도 아니고 '앳트'도 아니고, '앳사인'은 더더군다나 아닌 우리의 위대한 '골뱅이' 형님이 탄생한 것이다. 그리하여 전화통화를 하다가 누리편지 주소를 물으면 다음과 같이 말하게 된 것이다.

"제이제이에이이에이치더블유에이엔 숫자2 골뱅이 파란닷컴 그러니까 피에이알에이엔 점 시오엠."

보다시피 중간에 골뱅이가 들어감으로써 앞뒤를 확실하게 구분해 준다. 자기 이름과 자기 주소가 등록된 소속 단체의 이름이 쉽게 드러난다. 그런데 제이제이 어쩌고 여러 번 얘기해도 뭐가 헷갈리는지 잘 못 알아듣는다. 그래서 이걸 여러 번 반복하게 된다.

"제이제이에이이에이치."

"네?"

"제이제이에이이, 제이가 두 개, 에이, 이."

"뭐라고요?"

채 골뱅이에도 미치지 못하고 "문자로 넣어 드릴게요." 하는 수도 종종 있다. 헌데 이런 문제의 해결이 그리 어려운 것은 아니다. 몇 년 전부터 '인터넷한글주소'라는 게 꽤 널리 쓰이고 있는데, 매우 간단하고 쉽다. 한국방송공사의 우리말겨루기의 영어주소는 'http://www.kbs.co.kr/2tv/enter/puzzle/' 이고, 한글인터넷주소는 '우리말겨루기' 이다. 대표적인 주소 몇 가지만 살펴보자. 앞이 영어주소, 뒤가 한글인터넷주소이다.

http://www.president.go.kr   청와대
http://www.assembly.go.kr   국회
http://gyeongju.museum.go.k   국립경주박물관
http://www.koreanfolk.co.kr   민속촌

마찬가지로 누리편지주소도 한글주소가 조금씩 쓰이고 있는데 바로 아래와 같은 형태이다. 물론 아래 주소는 글쓴이가 임의로 만든 것이다.

깜찍이@일산
민원상담@서울시청
홍보실@민속촌
정재환@한글문화연대

현재 한글인디넷주소를 사용하는 곳은 꽤 많다. 영어주소와 한글인터넷주소를 둘 다 병행해서 쓸 수 있으며, 그 사용이 쉽고 편하기 때문이다. 반면에 한글이메일주소의 사용은 크게 확산되지 않는 듯한데, 이는 수많은 누리꾼들이 기존의 영어주소에 익숙한데다가 한

글인터넷주소가 불특정다수에게 공개되는 속성을 가진 것에 비해 이메일주소는 지인들을 비롯해서 일부 특정인에게만 공개되는 속성을 갖고 있고, 또 마치 오랫동안 써오고 있는 전화번호를 바꾸기가 쉽지 않은 것처럼 이미 알려놓은 영어주소를 바꾸기가 쉽지 않기 때문이다.

그런데 위 한글인터넷주소의 의미를 좁게 보면 우리나라 안에서 영어를 대신해 한글로 주소 정도를 쓰는 것으로 보일 수 있지만, 본디 근본적이고 궁극적인 취지는 '인터넷주소의 자국어화'라 할 수 있단다. 그러니까 일본사람들은 가나문자로, 아랍사람들은 아랍문자로 인터넷세상에서 자신만의 고유하고도 개성적인 삶을 꾸릴 수 있다는 것이다. 이는 태생적으로 영어에 종속된 컴퓨터와 인터넷 문화에서 벗어나 세계 각국이 다원적인 인터넷 문화를 일구어 나가는 길이기도 하다. 자연히 영어로의 획일화가 아닌 세계 전 지역의 다원화, 다양화를 실현함으로써 진정한 세계화를 이룩하는 길이기도 하다. 이것이 바로 세계적 보편주의와 지역적 특수주의의 조화이다. 그리고 이와 같이 획기적인 기술을 개발한 대한민국은 그 기술사용료를 받을 수 있다. 이에 관심이 있고 더 자세한 내용이 궁금한 분들은 '넷피아'를 한번 방문해 보시기 바란다.

이와 같은 변화는 단순히 우리가 쓰는 생활도구 하나를 바꿔 쓰는 차원은 아니다. 민족문화의 정수 중 하나인 한글의 사용을 확대함으로써 우리의 일상을 다양하고 풍족하게 해 줌은 물론 인터넷 세상에 우리 대한민국의 얼을 심는 것이다.

컴퓨터, 디스켓, 디스크, 파일, 클릭과 같은 용어를 그대로 받아쓰지만 말고 이미 우리가 골뱅이의 위대한 역사를 세운 것처럼 다는 아니더라도 어느 정도는 우리식으로 좀 만들어 써보자는 의견이다. '불교가 들어오면 불교의 조선이 되고 유교가 들어오면 유교의 조선이 되고 기독교가 들어오면 기독교의 조선이 되는 현실을 개탄하며 조선의 불교, 조선의 유교, 조선의 기독교, 즉 주의의 조선이 아닌 조선의 주의'를 주장했던 단재의 꿈처럼, 아무 생각 없이 수동적인 자세가 되어 영어로 된 용어를 받아쓰기만 하지 말고 우리말로도 할 수 있다는 이른바 발상의 전환을 이뤄보자는 거다.

따라서 우리의 생각과 의지 여하에 따라서 골뱅이뿐만 아니라 컴퓨터의 '마우스'와 같은 낱말도 얼마든지 골뱅이처럼 바꿔 부를 수 있다. 미국사람들이 그것을 마우스, 즉 '쥐'라고 부른 것처럼. 사실 그건 쥐는 아니다. 다만 그것이 쥐를 닮았다고 본 것이다. 그러니 우리도 그것을 '마우스'라고 아니하고 '쥐'라고 부를 수 있다. 쥐가 징그러우면 '다람쥐'가 좋을 것이다. 유선 마우스는 '꼬리 달린 다람쥐', 무선 마우스는 '꼬리 없는 다람쥐'.

"아저씨, 새로 나온 꼬리 없는 다람쥐 하나 주세요. 얼마예요?"
"여러 가지인데 싼 건 3만 원부터 있고 비싼 건 7만 원 정도."
"그렇게 비싸요? 그냥 꼬리 달린 다람쥐로 주세요."

앞서 언급한 골뱅이뿐만 아니라 펌, 댓글 같은 용어들도 이미 인터넷 언어로 정착한 지 오래인데, 최근에는 '클릭'과 같은 말도 우리말을 사랑하는 누리꾼들 사이에서는 '딸깍'이란 말로 쓰이고 있다. 더블클릭은 '딸깍딸깍' 이다.

　"주소창에 한글문화연대를 쓰고 들어오셔서 제 얼굴이 보이면 눈이든 귀든 턱이든 입술이든 아무 데나 딸깍해 주세요. 아프지 않게 살살 딸깍해 주세요."

너무가 너무해

요즘에는 너나 할 것 없이 '너무'를 너무 많이 쓴다. 그런데 이 너무는 뭔가 부정적인 의미를 담고 싶을 때 쓰는 말이다. "너무 많이 먹으면 배탈 난다."거나 "너무 공부를 많이 하면 건강을 해친다."라고 할 때 옳게 쓸 수 있는 말이다. 그러니 "기분이 너무 좋다."거나 "너무 행복해요."는 모두 잘못쓴 말이다. 그런데 왜 다들 '너무'를 너무 많이 쓰는 걸까?

"선을 봤는데 여자가 너무 예쁘고 뚱뚱하지 않고 키도 너무 커서 기분이 좋았다. 너무 수줍은 게 흠이었지만 내숭을 떨지는 않는 것 같아 좋았고, 그래서 나 역시 오버하지 않고 점잖을 떨었다."

한번은 TV를 보는데 어느 농구선수가 나왔다. 나는 그녀가 누군지 모른다. 다만 그녀가 가쁜 숨을 몰아쉬면서 토해낸 우승소감만 기억날 뿐이다.

"처음에는 컨디션이 너무 안 좋았어요. 저만 그런 게 아니고 다들 너무 안 좋은 거 같았어요. 그래서 게임도 너무너무 안 풀렸어요. 너무 속상했지만 어쩔 수 없었고 게임하는 것도 너무 힘들었어요. 그런데 중반 이후에 갑자기 게임이 너무 잘 풀리기 시작해서 골이 너무너무 많이 터졌고요, 너무너무 신이 났어요. 저도 모르게 너무 열심히 코트를 뛰어다닌 것 같아요. 그래서 지금도 너무 힘들지만 이겨서 너무너무 기쁘고 행복해요. 우리 선수들 너무너무 자랑스럽고 고마워요."

위와 같은 문장들은 듣기에 왠지 답답하다. 어휘가 빈곤한 까닭이다. '너무'를 너무 많이 썼다. '오버하다'라는 말 또한 요즘 사람들이 하도 많이 써서 말이 무슨 뜻인지 대충 짐작은 하겠으나 구체적이지 않은 표현이다. 되도록 다양한 어휘를 사용하여 구체적으로 정확하게 표현해야 한다.

이런 얘기를 늘어놓으면 "조금 틀려도 뜻만 통하면 되는 거 아냐?"라고 하시는 분들이 있는데 "테니스 라켓도 이렇게 정확하게 쥐어야 한다."며 '정확히'를 강조하는 자세와 비교해 보면 어떨까? 테니스 라켓만 정확히 쥐면 되고 우리말은 대충해도 되는 것일까? 영어단어는 철자 하나 틀려도 개망신이고 우리말은 아무렇게나 해도 되는 건가?

발음도 그렇다. "이 밤의 ㅋ츨 잡고라는 노래를 들으면서 고까도로를 마구 달려가는데 도로 옆 건물 옥상에다 꼬츨 심어 놨더군. 야, 저기는 뭐 해삐시 온종일 쫙 들겠군. 가만, 이상하게 몸이 찌뿌드드한데 오늘 저녁에는 다기나 한 마리 푹 고아먹어야겠다. 집에 큰 소시 있겠지. 이왕이면 처남하고 쏘주도 한 잔 해야지." 아시겠지만 표시해놓은 글씨는 몽땅 잘못됐다. 'ㄲ틀, 고가도로, 꼬츨, 해삐치, 달기나, 소치, 소주'라고 해야 한다.

어떤 분은 'ㅔ'와 'ㅐ'를 구별하지 않는다. 그래서 개가 게가 되고 게가 개가 되기도 한다. "여보 오늘 저녁에 게 좀 삶아 놔."라고 했는데, 집에 가보니 부인이 애지중지하며 키우는 '진도개'를 삶아놓았다. '게'를 '개'라고 잘못 발음한 탓이다. 검다는 뜻의 '흑'과 바위가 분해되어 지구의 외각을 이루는 가루인 '흙'이 다른 것처럼 바둑에서 흑이 이긴 것은 '[흐기] 이겼다'라고 해야 하고 시골에 가서 농사를 지으며 살겠다는 말은 '[흘게] 살리라'라고 해야 한다. 이게 표준발음이다.

일부러 정겹게 사투리를 쓰려는 의도나 특별한 목적이 있는 게 아니라면 발음도 정확하게 해야 한다. 지방출신이라면 사투리 억양을 갖고 있는 게 당연할 수 있지만 초등학교서부터 고등학교까지 무려 12년 동안이나 표준말을 배웠다면 표준발음도 웬만큼은 구사해야 하는 거 아닐까? 영어발음을 좋게 하기 위해 혀를 잘라내는 엽기적인 행각을 서슴지 않는 세상에 우리말 발음도 정확하게 해야 한다는 요구는 매우 당연한 것이다.

서울 어느 고등학교 2학년 5반 담임 선생님이 - 남자 선생님이고 애들도 다 남학생인데 - 현빈이라는 반 아이를 사랑하게 된다. 학교 안에 동성애자로 소문이 나고 한바탕 소동이 일어난다. 하지만 그럴 수밖에 없는 게, 실은 현빈이가 그의 첫사랑인 태희의 환생이었던 것이다.

"태희야 어째서 넌 나를 알아보지 못해? 난 너를 이렇게 느끼는데."

결국 현빈이도 자신이 태희의 환생임을 느끼고 전생에 죽음으로 끊겼던 인연을 다시 이어간다. 그리하여 둘은 손을 꼭 잡고 태희가 소망하던 번지점프를 하러 떠난다.

번지점프를 하다

이 영화의 주인공은 국어선생님이다. 대학에서는 국문학을 전공했으니까, 이런 경우 대개는 주인공의 문학적 분위기를 드러내는 게 보통이다. 그런데 이 영화에서는 아니다. 뜻밖에도 몇 번인가 학생들에게 잘못된 국어발음을 지적하며 매우 엄하게 가르치는 모습이 나온다. 아마 여학생이 책을 읽는 장면이었을 거다.

"길거리를 〔방항하던〕 나는,"
"〔방황하던!〕"
"길거리를 〔방황하던〕 나는 어느덧 소르본느 〔대하그이〕 낯선 거리를,"
"〔대하게〕 낯선 거리를"
"〔대하게〕 낯선 거리를 5년 〔똥안이나〕"
"5년 〔동아니나〕"
"5년 〔동아니나〕 〔에롭께〕 서성거린다."
"〔외롭께〕, 혀 짧은 소리 내서 귀여운 건 다섯 살 때까지야."

이뿐만이 아니라 '너랑 나랑 틀리다'는 틀리고 '너랑 나랑 다르다'가 맞는 거라고, '틀리다'는 'wrong'이고, '다르다'는 'different'라고 영어와 비교해서 분명하게 지적을 하는 장면도 나온다. 영화에 나오는 국어선생님들이 대개 분위기 잡고 시나 문학 작품 이야기를 하는데 이 국어선생님은 좀 특이하지 않은가?

그 영화를 보면서 시나리오를 쓴 사람이 누굴까, 감독은 어떤 사람일까, 영화의 주제하고는 직접 상관없는 에피소드인데 왜 넣었을까, 단지 수업시간을 때우기 위해서는 아니었겠지, 뭐 그런 생각들을 했다. 그런데 글쓴이도 영화 속 국어선생님처럼 한 가지 지적하고 싶은 게 있다. 이를테면 '옥에 티를 찾아라!'인 셈인데, 새 학기가 시작되고 애들하고 처음 인사를 나누는 날 선생님이 이런 얘기를 한다.

"지구상 어느 한 곳에 요만한 바늘 하나를 꽂고 저 하늘 꼭대기에서 밀 씨를 딱 하나 떨어뜨려서 밀 씨가 나풀나풀 떨어져서 바늘 위에 꽂힐 확률, 바로 그 계산도 안 되는 기가 막힌 확률로 너희들이 지금 이 곳 대한민국, 그 중에서도 서울, 서울에서도 OO 고등학교, 그리고도 2학년 5반, 거기서 또 앞에 옆에 친구들과 그리고 너희들과 내가 이렇게 만난 인연, 정말 징글징글한 인연이지? 앞으로 1년 동안 너희를 맡게 된 〔다님〕이다."

참 근사한 인사였다. 그 짧은 순간에 만남, 인연, 그리고 운명 등등 여러 가지를 생각하게 해주었다. 그런데 다만 한 가지 '담임'의 옳은 발음은 〔다님〕이 아니고 〔다밈〕이다. 한번 해 보시라. 〔다밈선생님〕, 이게 발음이 좀 어렵다. 사람들에게 시켜보면 열에 아홉은 '다님'이라 한다. 우리말도 정확하게 발음하려면 연습 많이 해야 한다.

경기도에 있는 어느 고등학교에 다니는 아무개는 우리말을 곱고 바르고 정확하게 하려고 애쓰는 친구이다. 친구들이 욕을 하면 그렇게 험악한 말을 쓰지 말자고 부드럽게 얘기한다. 시간이 좀 더디 걸려도 올바른 철자와 띄어쓰기로 전자우편을 작성하고 휴대전화의 문자메시지를 날린다. 나아가 친구들이 우리말을 틀리게 구사하면 그때그때 올바르게 고쳐준다.

"재환아, 너 얼굴이 어제랑 틀려 보인다."

"야, 내 얼굴이 왜 틀려 보여? 달라 보이는 거겠지!"

"어, 내 지갑이 어디 갔지? 재환아, 나 지갑을 잊어버렸나 봐. 혹시 내 지갑 못 봤니?"

"영철아, 지갑은 잊어버리는 게 아니고 잃어버리는 거야!"

얼마나 훌륭한 청소년인가. 검은 것을 백 명이 희다고 우겨도 검은 것은 검은 것이다. 단속경관 없다고 백 명이 무단횡단을 해도 누군가는 신호등의 빨간불을 존중하고 지켜줘야 하지 않는가? 세상이 어지럽고 혼탁해 질수록 원칙을 지키는 자의 모습은 아름답다. 지금 우리 사회에 이와 같은 청소년이 있다는 것은 얼마나 다행스러운 일인가? 어둡고 암울한 세상을 비추는 한줄기 환한 빛 같은 존재이다. 헌데 문제는 그 아이가 학교에서 왕따를 당하고 있다는 거다. 오, 신이시여.

제 3 장

대한민국의 간판스타들

우리의 문자환경

남자가 흘리는 것은 눈물만이 아니다

그럼 이제 우리의 언어환경, 그 가운데에서도 문자환경에 대해 살펴보자. 문자환경이란, 뭐 별거 아니다. 우리를 둘러싸고 있는 산과 들과 강 등이 우리의 자연환경이듯이 우리를 둘러싸고 있는 온갖 안내문, 도로표지판, 경고문 등등이 바로 문자환경이다. 학교 교실 앞에 붙은 '근면 성실'과 같은 교훈이나 '정직하게 살자'와 같은 급훈도 문자환경의 일부이다. "뭘 봐?"나 "영희하고 철수는 얼레리 꼴레리래요."와 같은 화장실 낙서도 그 중 하나다. 그러한 것들 중에는 아름다운 것도 있고 눈살이 절로 찌푸려지는 것도 있다. 잘 된 것도 있고 잘못된 것도 있다.

불과 십여 년 전만 해도 뒷골목 담벼락엔 '소변금지'라는 글자가 대문짝만하게 적혀 있었다. 이런 건 절대로 '小便禁止'라고 한자로 적지 않는다. 어쨌거나 어둠이 내리면 후미진 골목을 찾는 취객들의 분주한 발길은 담벼락에 쓰인 경고문을 아랑곳하지 않았고, 거뭇거뭇한 방뇨의 흔적과 더불어 코를 찌르는 강력한 냄새가 밤새 진동했다. 그러다 보니 더러는 담벼락에 '소변금지' 대신 가위 그림이 등장하기도 했었다. 겁을 좀 주자는 거다. 그런데 이게 별로 효과가 없었다. 시각적으로 혐오감만 주었다. 다행스러운 것은 여성은 해당되지 않는다는 거다. 그렇다고 해서 으슥한 뒷골목에서 '삐리리'를 한 여성이 단 한 명도 없었다고 주장하기는 어렵다.

어쨌거나 계속 방뇨를 할 경우 자르겠다는 협박은 아무런 실효를 거두지 못했고, 그 자리를 대신한 것은 강력한 경범죄 처벌법이었다. 한 번에 5천 원인가, 7천 원인가 했는데, 이게 엄청난 위력을 발휘해서 우리의 뒷골목이 백팔십 도 달라졌대나 어쨌대나.

횡단보도 앞 정지선을 지키는 문제도 마찬가지이다. 수년 전 텔레비전에서 양심냉장고 팔 때 잠시 반짝하더니만 이내 도로아미타불이지 않나. 어떤 곳에는 길바닥에 '횡단보도'라고 써놓은 곳도 있었고, '횡단보도 정지선 절대엄수'라고 써놓은 곳도 있었다. 그러나 '백약이 무효'라고 다 소용없었다. 헌데 벌금을 5만 원 물리자 싹 달라졌다.

"말로 합시다, 말로!"

"웃기고 있네, 말로 하면 듣니?"

이게 우리의 서글픈 현실이다. 벌금도 '정지선 절대엄수'라는 경고문구도 필요치 않은 성숙한 사회를 만드는 게 우리의 숙제이다.

다시 얘기를 화장실로 돌려 보자. 다음은 기독교 방송국에서 찍은 사진이다. 남자들에겐 익숙한 문구일 것이다.

기독교 방송사 화장실
목동에 기독교 방송사가 있는데 글쓴이가 '행복을 찾습니다' 란 아침 방송을 진행할 때 애용하던 2층
화장실에 붙은 문구이다.

다음은 일산 중산마을 어느 화장실에서 발견한 문구이다. '조금만
더 가까이' 라는 당부의 말 옆에 쉬를 하는 남자아이의 모습이 그려
져 있다. 귀엽다. 그러나 역시 비만은 문제가 심각하다.

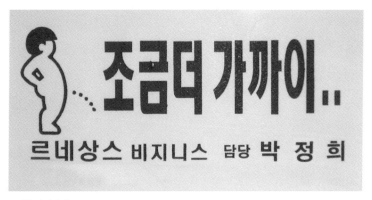

조금 더 가까이
이런 거 얘기하면 짜증내는 분들 더러 있지만 '비지니스' 는 '비즈니스' 로.

어디인가에는 '앞으로!' 도 있었는데, 이 모두가 화장실 청소를 하는 아주머니들의 한결같은 바람이다. 그러지 않을 경우 걸레질을 열 번은 더 해야 하기 때문이다. 의미는 좀 다르지만 군대용어로 이런 걸 붙여놓으면 볼일 보는 동안 잠시라도 웃을 수 있을까?

"서서 쏴!"

한번은 고속도로를 달리다가 잠시 들른 휴게소 화장실에서 정말 멋진 문구를 보았다.

"남자가 흘리는 것은 눈물만이 아닙니다."

볼일을 보는 잠깐 동안이었지만 난 즐겁고 유쾌하고 행복했다. 촌철살인의 문구가 주는 상큼함은 어깨를 짓누르던 삶의 무게를 일순간 날려버리는 듯한 쾌감마저 느끼게 주었다. 결국 하려는 말은 한 가지겠지만, 표현에 따라서 우리에게 주는 영향력의 파장이 이렇게 다를 수 있다.

적나라 민국에서 생긴 일

십여 년 전 차를 몰고 양평에서 곤지암으로 넘어가게 되었었는데, 개울을 건너는 낡은 다리 앞에 이런 문구가 적혀 있었다.

'이 다리는 언제 붕괴될지 모르오니 조심해서 건너가십시오. OO 군수 백'

대한민국에서 제일 친절한 군수님이시다. 근데 어떻게 조심해서 건너가지? 빨리 지나가라는 소리일까, 천천히 건너가라는 소리일까? 다시 생각해 보니 아주 뻔뻔한 군수님이라는 생각이 들었다. 언제 붕괴될지 모르는 다리를 보수도 하지 않고 버젓이 그대로 두다니. 무책임이 적나라하게 드러나는 알림글이다.

전봇대에 매우 가슴 아픈 글이 붙었다.

'강아지를 찾습니다.'

나 역시 개를 기르는 사람으로서 동병상련의 정을 느꼈다. 마음이

강아지를 찾습니다
다음인가 어디선가 누리그물 카페에서 발견한 사진이다. 지금 이 순간에도 잃어버린 강아지를 애타게 찾고 있을 개 주인을 위해 '불알이 한쪽 달린 강아지'를 발견하는 분은 즉시 연락주시기를.

아프다. 헌데 불알이 한쪽 달린 강아지를 찾는다니! 특징이 있어서 쉽게 찾을 수 있을 것 같아 좋지만 참으로 사실적이다 못해 적나라한 문구이다. 과거에 볼 수 없었던 최신판 솔직담백한 잃어버린 개 찾기 대자보이다.

저 정도의 적나라함은 그래도 애교로 봐줄 수 있다. 문제는 우리 일상생활의 구석구석에서 성(?)스러운 문구들이 눈에 띈다는 것이다. '쎄일의 절정'은 좋지만 군이 오르가즘이란 말을 쓸 필요가 있었을까(77쪽 맨 위 사진 참조)?

길 가던 초등학생 꼬마가 오르가즘이란 말을 몰라 집에 가서 사전을 찾아봤다면, 그게 옷 파는 일과 무슨 관계가 있는지 몰라 고개를 갸웃하지 않았을까?

술집에 가면 '오르가즘'이라는 칵테일을 판다. 이것에 시비를 걸 생각은 없다. 어차피 술집은 미성년자가 가는 곳이 아니니까. '섹스 온

쎄일의 절정
광고문안 잘 뽑은 건가? 란제리가 아니라 성인용품 광고에 딱 맞을 것 같다.
어쨌거나 '쎄일' 은 '세일' 로.

도로변 성행위
이 사진이 진짜인가 조작된 것인가에 대한 논란이 분분하다. 애들이 "아빠 저
게 무슨 뜻이야?" 라고 물으면 뭐라고 대답해야 할까?
출처 http://imagebingo.naver.com/album/icon_view.htm?uid=overclassss&
bno=32000

더 비치'를 먼저 마시고, '오르가즘'을 마시든, 그 반대든 상관하지 않는다. 어떤 사람은 이 술을 시킬 때, "여기 오르가즘 한 잔 더요." 하지 않고 "오르가즘 한 번 더요."라고 한다는 소릴 들었다. 다 자유다. 성인들끼리 모인 곳이니까. 하지만 온 가족이 함께 차를 타고 여행하는 고속도로에 이런 안내문이 등장하는 건 정말 너무하지 않은가(77쪽 아래 사진 참조)!

교육방송에 '코리아 코리아'란 프로그램이 있고 거기 '이심전심 사랑방'이란 꼭지가 있다. 내용인즉슨 탈북여성들의 시선으로 바라본 우리들의 모습이다. 언젠가 남녀 젊은이들의 때와 장소를 가리지 않는 화끈한 애정표현에 대한 얘기가 나왔는데, 놀랐다, 보는 순간 낯이 뜨거웠다, 민망했다, 오히려 그런 걸 보게 된 내가 몸 둘 바를 몰랐다, 차마 눈을 뜨고 볼 수 없었다 등이 대체적인 반응이었다. 하긴 뭐 손잡기, 포옹하기, 키스하기는 물론이고, 둘 다 눈이 나빠서 그러는 거겠지만(?) 서로 더듬는 자들에 이르기까지 별별 사람들이 다 있지 않은가!

도무지 때와 장소를 가리지 않는 요즘 젊은이들의 대담하다 못해 적나라한 애정행각에는 솔직히 탈북자 아닌 나도 놀란다. 탈북여성 한 사람은 지하철 승강장에 있는 긴 의자에서 새파랗게 젊은 애들이 거의 침대장면(글쓴이가 베드신 대신 써본 말이다)을 방불케 하는 행위를 연출하는 모습을 보았다면서, 거긴 지하이고 공기도 좋지 않다, 도무지 무슨 해괴망측한 짓들인지 이해할 수 없었다, 하지만 더 지나친 행동을 할 것 같아 걱정스러워서 자리를 뜨지 못하고 쭉 지켜봤다고 했다.

왕년에 선배들은 뽀뽀 한 번 해보겠다고 인적이 드문 선릉이나 동구릉 같은 델 찾아다녔다. 어둠이 내리면 캄캄하고 후미진 골목으로 숨어들었다. 어린이 놀이터나 공원 화장실 뒤도 연인들의 단골 입맞춤 장소였다. 그러나 세상은 바뀌었다. 요즘 애들은 주위를 별로 의식하지 않는다. 한때 밤거리에는 야타족이 출몰했고, '작은 차 큰 기쁨'이라는 말도 유행했었다. 대학로 뒷길은 자동차 안에서 데이트하는 젊은이들 때문에 주민들이 잠을 못 잤다고도 했었는데, 급기야 이런 도로표지판까지 등장한 것이다.

그런데 혹시 문제의 그 도로표지판은 '상행위'를 잘못 쓴 것은 아닐까? 길 막히면 오징어도 팔고 호두과자도 팔고 음료수도 팔잖아. 그런데 위험하잖아.

살다보면 이해할 수 없는 일이 한두 가지가 아니지만 정말 볼수록 답답한 풍경이 있다. 왜 우리나라는 주택가와 상가가 엄격하게 분리돼 있지 않을까? 가끔 어느 동네 학교 앞에 술집이 들어섰다거나 여관이 들어섰다거나 해서 주민들이 항의집회를 하는 모습을 볼 수 있다.

"초등학교 앞에 러브호텔이 웬 말이냐? 물러가라, 물러가라!"

지나가던 개도 통곡할 일이지만 더욱 큰 문제는 이게 어느 특정지역만의 상황이 아니라는 거다. 온 나라가 다 이런 식이다. 아파트와 학교와 술집과 여관 등이 다닥다닥 붙어있는 게 대한민국의 현실이다. 삼천리 금수강산이 삼천리 숙박강산으로 탈바꿈하고 있다.

롯데이발관 건전업소 이발컷트전문점
'컷트' 에서 컷의 'ㅅ' 을 떼야 한다.

평소 쳐다보기도 민망하고 짜증스러운 허섭스레기 같은 사진은
생략하겠다. 그렇지만 이 사진은 어떤가? 이것도 좀 웃기는 안내문
아닐까? 도대체 보통 일반적인 이발소라는 곳이 어떻게 불건전하기
에 저렇게까지 큰 알림막을 걸어야 했을까? 애들이 의아해 할지 모
르니 "아빠랑 자녀랑 손잡고 오세요!"라는 문구가 낫지 않을까?

찌꺼기는 사양합니다

　글쓴이가 초등학교에 다닐 때에는 도시락이 아닌 '벤또'를 싸갖고 다녔다. 반찬이라고 해봐야 기본이 김치 아니면 다꾸앙(단무지)이었다. 숟가락은 예나 지금이나 숟가락이지만 그 때는 젓가락보다 와리바시를 더 많이 썼고, 하교길에는 동무들과 길거리에서 오뎅(어묵 꼬치)이나 덴뿌라(튀김)를 사먹기도 했지만 한 번도 배부르게 먹어본 기억은 없다. 갑자기 슬퍼진다. 아 옛날이여!

　정말 옛날에는 일본말 많이 썼다. 그게 일본말인줄도 모르고 막 썼다. 손톱 깎을 때는 쓰메끼리를 사용했고, 바지 대신 쯔봉 입고 윗도리 대신 우와기를 더 즐겨 입었다. 엄마는 부엌에서 다마네기(양파)를 까시면서 눈물 흘리셨고, 아버지는 한밤중에 툭 하면 나가버리는 다마(전구)를 가시느라 자주 의자에 올라가셔야 했다. 억세게 운수 나쁜 월급날, 삼촌은 만원버스 안에서 쓰리를 맞기도 했었다.

이게 다 일제의 잔재이다.

이제 그런 찌꺼기 말들은 거의 쓰지 않는다. 어쩌다 주유소에 가서 기름 이빠이(많이) 넣어 달라는 몰지각한 인간들이 있기는 하나 빠께스도 벤또도 쓰메끼리도 더는 쓰지 않는다. 그런데 튀김과 나란히 놓고 파는 어묵 꼬치는 왜 어묵 꼬치라 하지 않고 여전히 오뎅이라 하는 걸까? 여름이면 왜 멀쩡한 민소매 놔두고 나시를 입는 걸까? 왜 얼굴에 상처가 난 걸 보고 기스가 났다고 호들갑을 떠는 걸까? 소주하고 맥주는 왜 짬뽕을 해가지고 허구한 날 골 때린다고 하소연하는 걸까?

아래의 사진에 보이는 찹쌀떡과 모찌떡은 어떤 관계일까? 아시겠지만 '모찌'는 일본말이고 그 의미는 '떡'이다. '찰떡'이기도 하다. 그러면 '떡떡'인가? 찹쌀떡이나 모찌떡이나 같은 떡인데 굳이 저럴 필요가 있을까? 아래는 국산이고 위는 일본에서 수입한 떡인가? 이

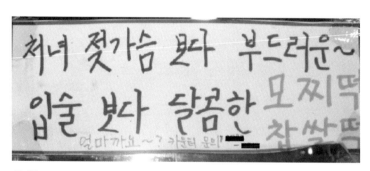

모찌떡
하교길에 어쩔 수 없이 이걸 보게 되는 우리 아이들의 처지를 한 번만이라도 생각해 보자. 이러고는 "자식, 어린 게 까져가지고." 따위의 얘길 할 수 있는가?

건 정말 고질병이다.

간혹 일식집(횟집이 아니다)에 가서 와사비도 먹지 말자는 얘기냐고 눈을 동그랗게 뜨고 묻는 분이 있다. 그러면 얼마나 좋을까마는 장소가 장소니만큼 와사비라는 말을 금기시하기 어렵다. 하지만 함흥냉면이나 평양냉면을 먹으면서 와사비를 찾지는 말자. 우리말 '고추냉이'가 있으니까.

대학은 큰 공부를 하는 곳이다. 큰 공부를 하는 이들은 우리말도 글도 바르게 써야 한다. 더군다나 전공이 국문학이라면 더 말할 나위 없을 것이다. 그러나 멋진 대자보의 대미를 장식한 '요이 땅'은 우리를 슬프게 한다.

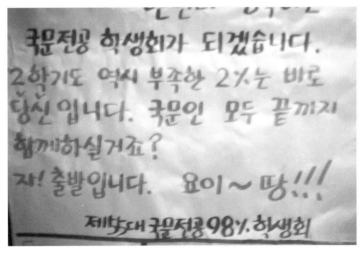

요이 땅
ようい는 일본말로 '준비'라는 뜻이다. 도대체 무슨 생각으로?

왕왕애견
우리말로 개소리는 '멍멍' 또는 '컹컹'이다. '컹컹'은 큰 개가 짖는 소리이고, '캉캉'은 작은 개가 짖는
소리이다.

  언제부터인지 우리의 거리에 다시 일본식 우동집 간판이 등장하
고 일본식 선술집인 '이자카야(いざかや)'까지 들어서더니 '왕왕'이
란 일본 이름을 가진 애견센터까지 생겨났다.

  물론 오늘날 음식문화의 유입은 자연스러운 현상이랄 수 있다.
프랑스의 '바게트'를 비롯해서 '뉴욕 스테이크'는 물론 '포호아'라
고 하는 베트남 쌀국수집과 정통 인도 '커리'집도 생겨난다. 그러
니 일본의 '이자카야'가 생겨나서는 안 된다는 법은 없다. 그런데
글쓴이가 보기에 '이자카야'와 '왕왕'은 다르다. 이자카야는 우리
의 포장마차같이 일본의 음식문화를 상징할 수 있는 형태의 술집이
다. 음주 또는 음식문화의 유입과 함께 자연스럽게 들어올 수 있는
성질의 것이다. 그러나 '왕왕'은 일본의 동물병원을 상징하는 이름

이 아니고 그저 '개 짖는 소리'일 뿐이다. 이런 것까지 수용할 필요
는 없지 않은가? 설마 피식민지 시절에 대한 향수는 아닐 테고. 좌
우지간 '왕왕유감'이다.

노래방에서 때돈을?

앞서 강남의 어느 학교 얘기에 등장했던 '존나'가 글씨도 조잡한 구인광고에 재등장했다. 얼마나 급하면 저랬을까? 글씨 괴발개발로 쓴 건 개성의 표현이라고 치더라도 내용은 한참 잘못됐다.

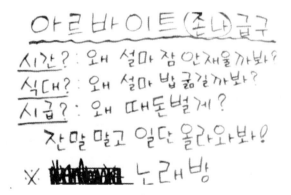

때돈
대담하다. 과연 누구의 작품일까? 주인이 직접 쓴 걸까, 아니면 노래방에서 때까지 밀어주고 때돈 벌고 싶은 종업원이 썼을까?

잠은 재우겠다는 얘기, 밥은 굶기지 않겠다는 얘기 다 좋지만 아무래도 이 구인광고를 낸 곳은 노래방이 아니고 목욕탕이어야 말이 된다. '때돈'이란 때를 밀어 버는 돈일 것이기 때문이다.

다음은 어느 날 우연히 인터넷 카페에서 발견한 사진이다. 오죽 '쎄비는' 작자가 많았으면 그랬을까 하는 추측을 하면서도 망측하다는 느낌을 지울 수가 없다. 허구한 날 그 앞을 지나다니는 그 동네 애들에게는 교육적으로도 매우 좋지 않을 것이다. 우선 '쎄비다'의 올바른 철자는 '쌔비다'이다.

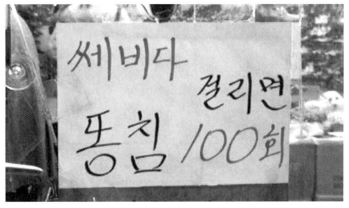

똥침
출처 - http://ranking.empas.com/img/art_view.html?artsn=71728

쌔비다 〔쌔비어〔─어/─여〕(쌔벼), 쌔비니〕「동」【…을】 (속되게) 남의 물건을 훔치다. ¶남의 지갑을 쌔비다/내 돈을 쌔빈 놈을 꼭 잡고야 말겠다./도굴꾼들은 우리 문화재를 몰래 쌔벼서 외국에 팔아먹었다.

'똥침'은 두말할 나위가 없다. 십여 년 전, '대한민국 황대장'이라는 콩트에서 주인공을 맡았던 나 황대장의 똥침 일격에 게거품을 물며 쓰러진 악당들이 한둘이 아니었다. 그 후 이 '똥침'은 전 국민의 사랑을 받으며 쭉쭉 뻗어나갔는데 언제였던가, 한 여학생이 공중전화를 걸려고 살짝 몸을 굽히는 순간 웬 녀석이 똥침을 놨고, 엄청난 충격에 혼절한 그 여학생은 곧장 병원으로 실려 갔다. 신문에 기사로 난 얘기다.

쌍둥이 형제 중 동생과 결혼한 어떤 아주머니는, 어느 날 문 앞에 서있는 남자를 남편이라 생각하고 살금살금 다가가서 똥침을 놨다. 그런데 아뿔싸, 뒤를 움켜쥐며 돌아서는 이는 놀랍게도 아주버님이었다고 한다. 이건 들은 얘기다.

또 한번은 목욕탕에서 젊은 여성이 샤워를 하고 있었는데, 기구하게도 그 옆에서 물놀이를 하며 놀던 7살짜리 꼬마가 놀다 지쳤는지 심심했는지 좌우지간 똥침을 놨다고 한다. 아, 얘기를 듣는 것만으로도 몸이 오싹해지면서 충격과 전율이 느껴지는데, 당시 현장 상황은 어땠을까? 그러나 그 후 벌어진 불행한 사태에 대해서는 더 이상의 설명을 피해야 할 것 같다. 다만 한 가지 분명한 것은 샤워를 하던 그 여성이 신체에 심각한 손상을 입고 병원 응급실로 실려 갔다는 것, 그리고 그 때 그 현장을 목격했던 여성들은 요즘도 샤워를 할 때 자주 뒤를 돌아보곤 한다는 것이다. 이와 같은 일련의 사태에 대한 책임을 내가 져야하는 건 아닐까, 방송 종사자로서 책임을 통감한다.

'똥침'은 현재 우리가 쓰는 국어사전에 올라있지 않다. 머잖아 사전에 오르게 된다 해도 일단은 비속어로 분류될 것이다. 대중에게 사랑받는 말일지는 몰라도 결코 점잖은 말은 아니라는 얘기다. 그러니 이와 같이 발칙한 문구를 버젓이 써 걸음으로써 아름다워야 할 우리의 언어 환경을 심각하게 훼손시킨 그 사장님은 물론 반성해야 할 것이고, 비속한 언어가 넘쳐도 그 심각성을 깨닫지 못하는 우리 자신의 불감증도 이제는 점검해야 한다. 왜냐하면 아름다운 자연환경 못지않게 아름다운 문자환경도 필요하기 때문이다. 그래서 아래와 같은 가게 이름도 결코 권장할 만한 것이 아니다.

그리고 이제 여기 놀라운 답안지가 있다. 다음 카페에서 발견한 사진이다. 정말 초등학생이 이런 답안을 썼을까? 이게 똥침과 존나

졸라빨라 피시방
초고속 피시방, 쏜살같은 피시방, 눈깜짝할새 피시방, 번갯불에콩 피시방, 전광석화 피시방, 이봉주 피시방 같은 이름들이 더 좋다.

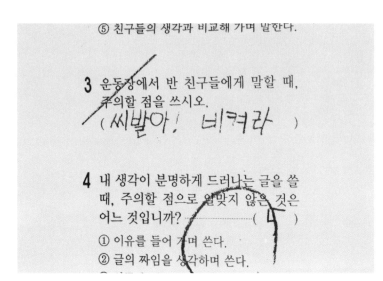

⑤ 친구들의 생각과 비교해 가며 말한다.

3 운동장에서 반 친구들에게 말할 때, 주의할 점을 쓰시오.

(씨발아! 비켜라)

4 내 생각이 분명하게 드러나는 글을 쓸 때, 주의할 점으로 알맞지 않은 것은 어느 것입니까? .... (4)

① 이유를 들어 가며 쓴다.
② 글의 짜임을 생각하며 쓴다.

어느 초등학생의 답안지
필체는 좋다
출처 - http://imagebingo.naver.com/album/icon_view.htm?uid=fbehdgks&bno=33222

의 영향이라고 주장한다면 억지일까? 대한민국 초등학생들의 순수함을 심각하게 훼손하는 사진이다. 차라리 그냥 한 번 웃어보자고 누군가가 조작한 것이었으면 좋겠다.

제 4 장

나는 아구찜에 눈물 흘리는 남자

카센타 말고 카센터로 가세요

궂은 비 내리는 날 그야말로 옛날식 다방에 앉아
도라지 위스키 한 잔에다 짙은 색소폰 소릴 들어 보렴.

위는 데뷔 시절 하얀 호랑이로 불리며 젊은 날을 구가했던 가수 최백호의 만년의 히트작 '낭만에 대하여'의 시작 부분이다. 그는 직접 곡도 쓰며 노래를 하는 가수인데, 이런 분들은 가수 유리상자의 표현을 빌면 가내수공업에 따른 자급자족으로 음반 제작에 큰 돈이 들지 않는다고 한다. 즉 곡 값을 좀 절약할 수 있다는 얘기이니 터지면 말 그대로 대박이다. 좌우지간 짙은 색소폰 소리는 어떤 걸까? 상상만 해도 낭만적인 기분에 잠기게 된다. 헌데 다음 알림글에 등장한 '섹소폰'은 최백호의 '색소폰'과 다르다. 그나마 '섹스폰'이라고 하지 않은 걸 다행이라 해야 할까.

섹소폰
이 게시판만 봐도 우리의 어지러운 문자환경의 단면을 확인할 수 있다. 피트니스라고 해야 하는데 '휘트니스'라고 한 것이 보이고, 일본말 '가베(かべ : 벽)'도 눈에 띈다.

　SBS에서는 해마다 미인대회 비슷한 형태의 행사를 한다. 그 이름이 '슈퍼엘리트모델선발대회'이다. 그동안에 이소라, 이선진, 이유진, 한지혜, 현영, 이윤미 등 스타를 배출한 것처럼 말 그대로 크기가 '슈퍼'이면서 동시에 '엘리트'인 여성으로서 훌륭한 모델이 되고자 하는 이를 뽑는 대회이다. 그런데 슈퍼의 발음이 '수퍼'로 들릴 때가 종종 있다. 왜 그럴까 확인해 보니 내가 잘못 들은 게 아니고 그가 잘못 발음한 것이다.

　"'수퍼'가 영어 'super'에 가깝지 않나요?"

　물론 그럴 것이다. 그렇다면 컴퓨터는 '컴퓨러', 모델은 '마들'이라고 표기해야 원발음에 가깝지 않을까? 그러므로 이는 외래어표기법을 무시한 채, 고작 영어 흉내나 내겠다는 오죽잖은 행동일 뿐이다.

이 슈퍼와 수퍼는 동네에도 있다. '롯데슈퍼'도 있고 '해태수퍼' '엘지수퍼'도 있다. 서울의 아현동을 지나다니면서 본 어떤 가게는 '서서울수퍼'와 '서서울슈퍼'란 간판을 나란히 달고 있다. 몸은 하나, 얼굴은 두 개다

서서울수퍼와 서서울슈퍼

우리 동네에는 '카센타'도 있고 '카센터'도 있다. 이것 역시 발음 상의 차이일 수 있지만 간판을 보면 표기상의 차이도 뚜렷하다. 그러면 각각의 사장님의 주문에 따라 한쪽은 '센터'로 다른쪽은 '센타'로 표기가 달라진 것일까? 이유야 어찌됐건 나는 고민한다. "어떤 가게가 차를 더 잘 고쳐줄까?" 다른 사람은 어떨지 몰라도 내 선

택은 언제나 '카센터'이다.

　다음 사진을 보자. 'SBS탄현제작센타'라고 버젓이 써놓았다. 공무원 시험을 준비하는 내 후배는 만날 때마다 공부하기 힘들다고 엄살을 부린다. 시험이 어려우니 당연한 일이다. 헌데 그렇게 어려운 시험을 통과해서 자랑스러운 대한의 공무원이 된 이들이 저런 엉터리 표지판을 버젓이 달아놓아도 되는 걸까?

탄현제작센타

　'수퍼'와 '센타'는 틀리고 '슈퍼'와 '센터'가 맞다는 것을 아는 나는 괜찮다. 그러나 초등학교에 다니는 우리 조카는 어떡하나? 학교에서는 분명히 슈퍼와 센터로 배웠는데 날마다 지나며 보는 간판과 표지판이 저 모양이니 애들 헷갈리기 딱 좋다. 학교하고 사회가 따로 논다는 건데, 그렇다면 교육이 잘못된 것일까, 사회가 잘못된

월마트

휴렛팩커드

버젯렌터카
달리는 차안에서 셔터를 누르다보니 버젯렌터카가 너무 멀다.
내 카메라는 밀고 당기는 기능(줌)도 약하다.

것일까?

아이러니한 것은 우리나라에 와서 영업을 하고 있는 외국 기업, 주로 미국 회사들이 우리글을 정확하게 잘 쓴다는 거다(97쪽 사진들 참조).

그래, 우리나라에서 장사하고 돈 벌려면 최소한 외래어표기법 정도는 공부하고 그래야지. 애고 부끄러워라. 누가? 우리가!

맞춤법이 너무 자주 바뀌어서 헷갈린다?

더욱 부끄러운 건 우리들 중 상당수가 외래어가 아닌 토박이낱말의 철자도 올바르게 쓰지 못한다는 점이다. 아래의 낱말들을 보자. 과연 어느 쪽이 맞는 표기일까?

과녁 – 과녘

걷잡을 수 없다 – 겉잡을 수 없다

뇌졸중 – 뇌졸증

주꾸미 – 쭈꾸미

궐련 – 권련

딴죽 – 딴지

떼 논 당상 – 따 논 당상

숙맥 – 쑥맥

아기 – 애기

금세 – 금새

매우 헷갈릴 것이다. 아니 헛갈리는 건가? 왼쪽에 표기된 낱말이 맞는 철자이다. 좌우지간 영어낱말뿐만 아니라 우리말도 잘 봐두지 않으면 실수하기 십상이다.

여기서 잠시 한글맞춤법 통일안에 대한 오해 한 가지를 짚고 넘어가자. 사람들은 입버릇처럼 말한다.

"맞춤법이 너무 자주 바뀌어서 헷갈린다!"

이 말은 사실일까? 50대의 어느 남자 분은 그 증거로 상치를 예로 든다. 어렸을 때 자기가 배우기로는 분명히 '상치'가 맞았단다. 그래서 누가 뭐라 해도 지조 있게 '상치'를 고집했는데 어느 날 보니 '상추'로 바뀌었다는 거다. 그래서 배신감마저 느꼈다고 한다. 맞다. 난 그 분의 심정을 충분히 이해한다. 문제는 너무나 많은 사람들이 '상치'를 '상치'라고 하지 않고 '상추'라고 불렀다는 거다. 워낙 많은 사람들이 이렇게 쓰다 보니 대세를 인정하지 않을 수 없어서 어쩔 수 없이 '상추'를 표준으로 인정하게 된 것이다. 이제 상치가 왜 상추로 바뀐 건지는 대충 가려졌다.

그렇다면 오해란 무엇인가? 한글맞춤법이 '너무 자주 바뀌었다'는 인식이다. 결코 그렇지 않다. 아시다시피 〈한글맞춤법 통일안〉은 1933년 10월 29일에 단행본으로 처음 세상에 공포됐다. 지금까지도 이 때의 기본적인 틀을 유지하고 있다. 그런데 시대의 흐름과 변화에 따라 그 후 몇 번 수정을 하게 됐다.

1차 수정 1937년 3월 1일. 1936년 한글 기념일에 발표된 표준말 모음
  에 따라 부록에 실린 표준말 7항과 8항의 표준말을 삭제하고, 통
  일안의 각 항 용어와 어례들을 모두 사정된 표준말로 고쳤다.

2차 수정 1940년 6월 15일. 본문 19항 중의 '후'를 '추'로 고치는 동
  시에 〈통일안〉 명칭 표기 중 '마춤법'을 '맞춤법'으로 쓸 것과,
  제29항의 문구 수정과, 제30항의 '사이 ㅅ'을 쓸 것 및 부록 〈문
  장부호〉의 증보 수정을 하였다.

3차 수정 1946년 9월 8일. ① 제10항에 '다만' 줄을 넣고, ② 제30항
  을 고쳐 정하며, ③ 제48항에 '다만' 줄을 넣고, ④ 제61항에 '다
  만' 줄을 넣으며, ⑤ 제62, 63, 64항의 세 항을 없애고, 제65항을
  제62항으로 삼으며, ⑥ 새로 제63항을 두는 등 여섯 가지를 종전
  과 다르게 고치게 되었다.

4차 수정 1948년 한글날. 맞춤법의 전문을 순 한글로 바꿨다.

5차 수정 1958년 2월 20일. 〈통일안〉의 용어 중 문법용어 만을 문교
  부 제정의 문법 용어로 바꿨다.

  그 후 1979년에 문교부에서 〈맞춤법안〉을 발표했으나 문제가 있
다고 판단하여 다시 검토하였고, 결국 1987년에 〈한글맞춤법 개정
안〉이 완성되었고, 1989년 1월 19일 〈한글맞춤법〉으로서 '문교부 고
시 제 88-1호'로 공포되었다.

  그럼 이제 정리를 해 보자. 1936년까지의 3차 수정까지는 부분 수

정이지만 그래도 '수정'이라 할 수 있는 수준이다. 그러나 1948년의 4차와 1958년의 5차 수정은 내용상 '수정'이라고 하기 어렵다. 결국은 1989년의 〈한글맞춤법〉이 최종 수정이라 할 수 있다.

그렇다면 한 번 따져보자. 때때로 그 시대 언중의 언어사용 경향에 따라 표준말의 일부가 바뀐 것을 제외하고 크게 바뀐 게 없다. 1925년에 출생해서 올해 80세가 된 이가 "맞춤법이 너무 자주 바뀌어서 헷갈려."라고 하신다면 고개를 끄덕끄덕할 수 있지만, 그 나머지 경우, 즉 1955년에 태어나서 올해 50살인 이가 너무 자주 바뀌었다고 불평한다면 수긍하기 어렵다. 왜냐하면 그가 1979년에 발표만 되고 시행되지 않았던 맞춤법안을 정확히 인식했다면 모를까, 그렇지 않다면 결정적으로 1989년에 평생에 딱 한 번 바뀐 셈이기 때문이다. 그런데 30살(1975년 생)쯤 된 이가 이렇게 말하는 건 말이 안 되지 않는가?

"맞춤법이 너무 자주 바뀌어서 헷갈려!"

그리고 한 가지 더, 이 세상 뭐든지 알고자 하면 그만한 시간과 노력을 투자해야 한다. 국어를 정말 깊은 수준으로 알고자 한다면 머리띠 질끈 동여매고 공부해야 할 것이다. 사람은 뿌린 만큼 거두기 마련이고, 지식도 자기가 노력한 만큼 알기 마련이다. 그러니 어느 정도는 관심을 갖고 사전도 찾아보고 국어에 대해 친구들과 대화도 해야 하는 것이다.

내친김에 우리 표준말 표기 몇 가지 더 짚어보자. 다음도 아주 대표적인 사례이다. 진국 '설렁탕집'보다 진국 '설농탕집'이 더 많고 '찌개'보다 '찌게'를 더 많이 끓인다.

서울설농탕
전국적으로 매우 유명하다는 설렁탕집이 많은데, 명가설농탕도 있고, 신선설농탕도 있다.

의정부부대찌게와 찌개
찌게는 아마 햄과 소시지뿐만 아니라 '게'도 넣고 끓이는 걸 거다.

ㅅ 대학 쪽문 아래 만리장성이란 중국음식점이 있다. 어디나 마찬가지지만 중국음식점의 대표선수는 자장면! 이 집 차림표 맨 앞에 '자장면'이란 표기가 등장했다. 그동안 신문과 방송에서 자장면을 열심히 쓴 덕에 드디어 생활현장에까지 전파가 된 것이다. 그런데 재밌는 것은 그 옆에 '쟁반짜장'이라고 적혀 있다는 거다. 자장면과 쟁반짜장 혹은 간짜장의 어울림, 이것이 표준어와 비표준어가 충돌하는 현장이다.

자장과 짜장
이 차림표 만들 때 뭔가 좀 이상하다는 생각을 하지 않았을까?

"짜장면은 짜장면이라고 해야 제 맛이 나지 않아요?"라고 하시는 분들께 올바른 우리말이 '자장면'이란 것을 발견한 글쓴이는 이렇게 얘기하고 싶다.

"자장면, 새롭고 부드러운 맛이 느껴지지 않습니까?"

자장면 (←중Zhajiangmian[炸醬麵]) 「명」고기와 채소를 넣어 볶은 중국 된장에 비빈 국수.

우리 음식에 전이라는 게 있다. 두부를 부치면 두부전이요, 굴을 부치면 굴전이요, 고추를 부치면 고추전인데, 모두 섞어서 부치면 모듬전이다. 그러나 '모듬전'은 틀리고 '모음전'이라고 해야 맞다. '모으다'의 명사형이 '모음'이기 때문이다. 재밌는 것은 인기가수들의 히트곡을 모아 만든 앨범은 히트곡 모듬집이 아니라 '히트곡 모음집'이라고 부른다는 거다.

아구찜 좋아하시는 분들 많을 거다. 그러나 이는 아귀를 콩나물, 미나리, 미더덕 따위의 재료와 함께 요리한 음식인 '아귀찜'의 잘못이다. 본디 물고기의 이름이 아귀이다. 신기한 건 살아있을 땐 아귀인데 죽기만 하면 아구로 부활한다는 것이다. 억울하게 잡혀 죽은

아구찜
목동에 있는 식당에서 딱 한 번 아귀찜을 본 적 있는데, 카메라에 담지 못했다.

것도 안타까운 일인데 제 이름까지 잃어버린 아귀여. 나, 너를 슬퍼
하노라!

아귀02 「명」아귓과의 바닷물고기. 몸의 길이는 60cm 정도이고 넓적
하며, 등은 회갈색, 배는 흰색이다. 머리 폭이 넓고 입이 크다.
비늘이 없이 피질 돌기로 덮였고 등의 앞쪽에 촉수 모양의 가
시가 있어 작은 물고기를 꾀어 잡아먹는다.

제 5 장

존비주차를 아십니까?

존비주차장엔 좀비가 없다

지금 글쓴이가 타고 다니는 차에는 이런 저런 자격을 증명하는 스티커가 넉 장이나 붙어있는데 운전석 쪽에만 두 장이다. 아래쪽에 붙은 'SKKU'도 성균관 본연의 모습을 바르게 드러내지 못한 것 같아 매우 부끄러운데 – 실제로 성균관대학교를 나타내는 온갖 문구에는 '성균관'이라고 한글로 쓴 것보다 '成均館'이나 'SKKU (Sungkyunkwan University)'가 훨씬 더 많다 – 한 술 더 떠 그 위에는 '존비주차'가 있다. 그나마 외국 공포영화에 등장하는 – 때때로 좀비들이 출몰하거나 좀비들이 당당하게 차를 세우는 – 좀비들의 주차장이 아니라 다행이지만 존비주차장도 웃기는 이름이다.

북한처럼 차마당이라고 하지 않더라도 햇빛이 잘 드는 곳이라면 양달주차, 그렇지 않은 곳이라면 응달주차라고 해도 된다. 언덕배기에 있는 주차장이라면 미끄러질까봐 겁은 좀 나겠지만 '언덕주차'

존비주차

또는 '미끄럼주차'라고 해도 좋다. 앞마당주차, 뒷마당주차, 연못주
차, 분수주차 등등 이름은 얼마든지 지을 수 있다. 어차피 A나 B가
위치를 나타내주는 건 아니므로 마음내키는 대로 개나리주차, 진달
래주차, 장미주차, 비빔밥주차, 막국수주차, 불고기주차, 오징어주
차, 새우주차, 엿장수주차, 붕어빵주차 등으로 정해도 아무런 문제
가 없다. 엽기적인그녀주차는 어떨까?

　그럼 이제 대한민국을 대표한다는 큰 기업의 이름을 만나보자.
SK Telecom, KTF, Power 017, LG Telecom. 너무들 유명해서 그
런 건가? 온통 영어 알파벳뿐이다.
　언젠가 연세가 60대로 보이는 신사께서 텔레비전 카메라 앞에서

에스케이텔레콤
여기도 한글이 없다.

한 하소연이 생각난다. "요즘엔 거의 모든 간판이 영어로 돼 있어서 봐도 뭐가 뭔지 모르겠어요."

그분만 그럴까? 그분만 당하는 불편일까? 영어를 배울 기회가 전혀 없었던 우리의 많은 어르신들이 겪는 일일 것이다. 더 큰 문제는 영어 철자를 알아 버젓이 간판을 읽어도 뭐하는 곳인지 통 모를 곳이 많다는 것이다.

이니셜이 CH인 회사가 있다(112쪽 사진 참조). 과연 뭐하는 곳일까? 대한주택공사 란다. 이게 주공의 새 얼굴이니 국민들 보고 공부하란다. 다음은 이니셜이 KBI인데, 이곳은 어디일까(112쪽 사진 참조)? 우리나라에도 FBI가 있나 했더니 알고보니 한국금융연수원이란다.

씨에이치
여기서 '주공의 새얼굴'
이라는 말이 빠지면 도무
지 정체를 알 수 없다.

케이비아이
FBI 한국 지부가 아니다.
한국금융연수원이다.

비와이씨

내 기억이 좀 흐릿하긴 하지만 회사 이름을 영어알파벳으로 바꾸기 시작한 원조 쯤 되는 장본인은, 어렸을 때부터 즐겨 입던 메리야스 만드는 회사 '백양'이 아닐까 싶다. 언젠가 이 회사가 이름을 'BYC'로 바꾸었는데, 그 후 속옷이나 양말 만드는 회사는 너도 나도 원래의 이름을 버리고 이니셜만 따서 'C'자 돌림으로 바꾸었다. 동신양말은 DSC, 무등양말은 MDC로 바뀌었던가.

케이티엔지
아래쪽에 콩알만한 크기로 뭐라고 써 놨다.

위의 회사는 뭐하는 곳일까?

케이티엔지가 한국담배인삼공사의 바뀐 이름이란 것을 난 나중에야 알았다. 코리아 토바코 그리고 진셍, 그러니까 한국담배인삼공사가 세계화의 조류에 맞추어 이름을 거세계적으로 바꾼 것이다. 그렇지, 이렇게 하면 외국사람들도 척 보고 "아, 코리아의 담배와 인삼!"

할 것이다. 담배는 몰라도 인삼이야 우리나라 게 좋다고 소문이 좍 났으니 다들 알아봐 줄 것이다. 그런데 이게 알고 보니 '코리아 토바코 그리고 진셍'이 아니란다. 그럼 뭘까? '코리아 투모로우 그리고 글로벌'이란다. 코리아가 내일 그리고 세계에서 어떻게 된다는 것일까? 한국담배인삼공사의 이름이 왜 이렇게 바뀌어야 했을까? 속사정이야 모르겠지만 아마도 대대적으로 이미지부터 바꾸어야 할 필요를 느꼈나 보다. 하지만 뭐하는 곳인지, 무엇을 추구하는 곳인지 회사의 정체성에 대한 아무런 정보도 단서도 담지 않은 이런 이름을 보면 마치 수수께끼를 푸는 기분이 든다. '무슨 회사인지 맞혀 봐~라.' 하는 식으로. 그래서 광고문구도 '상상예찬'인가?

다음은 불과 얼마 전까지만 해도 '한국타이어'라고 큼지막하게 써 있었던 광고판이 바뀐 것이다.

한국타이어
왼쪽 꼭대기에 뭐라고 쓴 걸까?

정말로 유감스러운 것은 언제부터인가 우리 동네 꼬부랑 할머니는 평생 다니시던 국민은행을 잘 못 찾으신다는 거다. 노환으로 시력이 현저하게 뚝 떨어져서 그렇게 된 게 아니고 평생 익숙했던 간판이 느닷없이 바뀌었기 때문이다.

"은행이 이사를 갔나?"

할머니는 늘 다니던 은행이 문을 닫았는 줄 아셨을 거다. 그래도 난 그 정도는 아니었고, KB가 교보(KYOBO)문고의 약자인 줄 알았다. 그런데 왜 갑자기 국민은행이 KB로 바뀌었을까?

"세계화시대의 추세에 발맞춰 나가려면 은행이름을 KB로 바꾸는 게 더 바람직하다고 생각합니다. 경쟁력 강화에도 좋지 않을까요?"

국민은행

이름만 영어로 바꾸면 세계화가 되는 걸까? 세계무대에서 'Kookmin Bank'와 'KB'가 어떤 차이가 있는 걸까? 길어서 불편한가? 다음과 같은 외국 회사들의 이름은 짧은가?

'Daimlerchrysler, Panasonic, Mitsubishi, Mercedes-Benz, Rockefeller……'

그래도 더 줄이는 게 편리하다면 현대와 삼성은 왜 회사이름을 'HD'와 'SS'로 바꾸지 않았겠는가.

'KB'는 정말로 국민의 은행인가? 끝내 "할머니 불편하게 해드려서 죄송합니다."란 사과의 말은 없었다. 결국 할머니는 '우리은행'으로 발길을 옮기셨다. 우리은행에도 'Woori'가 있지만 할머니, 그

우리은행
글자 도안도 예쁘다. 노래방도 함흥냉면도 괜찮다.

래도 큼지막하게 쓴 '우리은행'은 잘 보이시죠!

다음은 청운동에 있는 조흥은행의 모습이다. 운전하다 차안에서 찰칵하다 보니 화질이 좀 떨어지는데, 본래 은행의 외양은 더 깔끔하다.

보시다시피 조흥은행에도 'CHB'가 있다. 그럼 KB와 뭐가 다를까? 일단 '조흥은행'이라는 글자가 제일 먼저 눈에 쏙 들어온다. CHB는 그 옆에 좀 작은 글씨로 적혀있다. 이게 정상이다. 아닌 것은 비정상이다. 현재 우리은행 다니시는 우리 동네 꼬부랑 할머니, 아마 조흥은행 통장도 갖고 계실 거다.

2004년 들어 우리나라에도 고속철도 시대가 열렸다. 서울에서 부

조흥은행

KTX
네이버에서 퍼온 사진이다. 글쓴이는 아직 한국고속철도를 타보지 못했다.

산까지 2시간 40분이라고 했나? 지금은 선로 때문에 제 속도를 못 내고 있지만 시속 300킬로미터라니 굉장히 빠른 거다. 그야말로 전광석화, 눈 깜짝할 사이, 번갯불에 콩 구워 먹는 거다. 고속철 개통 초기에 '속도에 놀라고 사고에 놀라고'라는 기사가 눈길을 끌기도 했었다. 요즘은 탈 없이 잘 다니는지 모르겠다.

여하튼 자랑스러운 대한민국의 고속철도, 그 이름도 신비한 KTX 는 과연 어디서 온 말일까? Korea train express에서 따온 말이 다. 한국의 빠른 기차란 말이다. 이름 공모할 때 '아리랑'과 '비호' 같은 것도 있었다는데 다 무시하고 세계화 시대에 걸맞게 'KTX'로 밀어붙였다고 한다.

프랑스 고속철도의 이름은 'TGV'라고 쓰지만 '떼제베'라고 읽

는다. 그것이 영어가 아니고 프랑스어이기 때문이다. 당연하지 않은가. 일본 고속철의 이름도 신칸센(新幹線)이다. 제일 빠른 것은 신칸센 히카리(ひかり-빛)라고 한다. 일본말이다. 당연하다. 난 아직 KTX를 타보지 못했다. 이름 때문에 거부하고 있는 것은 아니고 다만 아직까지는 탈 기회가 없었을 뿐이다. 그러나 난 KTX가 싫다. 그 이름이 왠지 정감이 가지 않는다.

자금성의 코카콜라

　이번에는 글쓴이가 두 번에 걸쳐 중국 여행을 하면서 찍은 사진 몇 장을 보여 드리고자 한다. 中國은 본디 國中이라 하여 세상의 중심을 뜻하는 말에서 생겨난 이름이라고 한다. 그래서인지 중국은 늘 자기네를 세상의 중심으로 여겨왔다. 아마 지금도 그와 같은 생각에는 변함이 없을 것이다.

　유명한 천안문이나 자금성의 위용을 볼 수 있는 것도 아닌 이런 빛바랜 사진이 대체 무슨 의미가 있는 걸까(121쪽 위 사진 참조)? 보는 그대로 칠이 다 벗겨진 기와는 본디 그 색깔이 휘황찬란한 황금색이었음을 의심케 한다. 그러나 중국은 세상의 중심, 그러므로 황제가 사는 대궐의 지붕을 이은 기왓장 하나에도 세상의 중심색인 황금색을 썼다. 이거 아무나 못쓴다. 함부로 썼다가는 박살난다. 그 증거를 보자(121쪽 아래 사진 참조).

기와와 콜라
중국 사회주의의 개혁 · 개방 이후 자본주의의 상징인 코카콜라가 자금성 안으로 들어갔다.

창덕궁 선정전
서울시 누리집에 들어가서 퍼온 사진.

서글프지만 아직도 잘 보존돼 있는 창덕궁 선정전의 푸른 기와이다. 어떤 안내자는 고려청자와 닮은 아름다운 빛깔 어쩌고 하면서 칭송하듯 저 지붕을 소개하기도 하지만 우리가 뭐 특별히 푸른색을 좋아해서 그런 것은 아니고 세상의 중심의 왼쪽을 나타내는 색이 푸른색이기 때문에 어쩔 수 없이 푸른 기와를 올린 것이다.

동양의 민속에 전통적으로 등장하는 천지(천지는 세상의 중심과 통한다)의 사방을 다스리는 사신(四神)이 있는데, 즉 '좌청룡 우백호 남주작 북현무(左靑龍 右白虎 南朱雀 北玄武)'이다. 여기서 왼쪽, 즉 좌가 바로 방위로는 동쪽이 되므로 좌청룡의 청색이 바로 중국의 왼쪽에 있는 우리나라의 색깔이 되는 것이다.

과거 중국의 변방 국가의 설움이 우리의 옛 고궁에 그대로 보존되고 있는 것이다. 그러나 시간의 흐름과 함께 세상도 바뀌었다. 우리는 더 이상 중국에 조공을 가는 나라가 아니다. 동북아의 중심 국가 세 나라 중 하나이다. 그런데 우리 대통령이 살고 있는 건물의 지붕은 여전히 푸른색이고 그 이름도 청와대이다. 푸른색에 정이 든 건가?

잠시 그 유명한 일본의 오사카 성을 구경해 보자. 관광엽서 같은 사진을 통해서 자주 접했던 오사카 성 천수각의 모습이다(123쪽 사진 참조). 건물이 꽤 커 보인다. 퍽 근사하다. 그런데 지붕마루 쪽에 금빛이 유난히 번쩍이는 것 같지 않은가? 자세히 좀 볼까.

용의 얼굴을 하고 온몸에 황금비늘을 두른 신비한 물고기 정도로 보인다. 멋지다. 귀엽기도 하지만 범상치 않은 위엄이 느껴진다. 멀리서도 도드라지게 눈에 띄는 것은 역시 번쩍번쩍하는 황금빛깔이다.

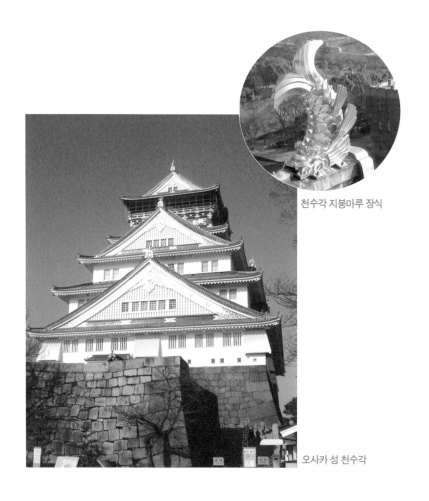

천수각 지붕마루 장식

오사카 성 천수각

　과거에 황금색은 중국만 쓸 수 있는 색인데 어찌 감히 섬나라 오랑캐들이 황금색을 쓸 수 있었을까? 중국이 황제의 나라라지만 일본 또한 천황의 나라라 그런 건가? 그럼 우린 뭐지? 우리도 1897년에 대한제국을 성립할 때 잠시나마 고종이 황제의 자리에 올랐었다. 지금의 조선호텔 자리에는 하늘에 제사지내던 원구단도 있었다. 하늘에 제사를 지내는 건 황제만이 할 수 있는 일이다. 헌데 알고 보면 이러한 일련의 사건들이 모두 일본의 영향력 아래 발생한 것이다. 동아시아에서 누구보다도 일찍 근대화에 성공한 일본은 중국을 추월하기 시작했고 당시부터 중국을 위협하기 시작했던 것이다. 그러니까 우리는 일본의 팽창전략에 잠시 이용당한 것뿐이다.

다시 중국 사진으로 돌아가 보자. 큰 지붕의 기와는 과거 청나라의 융성을 증명하는 듯하지만 까지고 헤진 황금도장은 한때 영화를 누렸지만 몰락한 청나라와, 힘겨웠던 중국 사회주의의 어두운 그림자를 보여준다. 또한 'CocaCola'라는 글자가 박힌 빨간색의 파라솔은 중국의 황금빛깔이 대대로 누린 영화를 대치하며 서구 자본주의의 침투와 지배를 상징적으로 보여준다. 수많은 중국인들과 외국의 관광객들이 오늘날의 자금성을 둘러보며 이 장면 앞에서 과연 어떤

자동차매매중심
중국이 아니다. 고령에 있는 아버지 산소에 성묘하러 가던 길에 발견했다.

생각들을 할까?

자금성 사진의 큰 파라솔에 쓰인 '古宮文化服务中心'에 주목해 보자. 여기뿐만 아니라 중국의 거리에서는 '中心'이라는 글자가 눈에 많이 띈다. 중심이 뭘까? 의외로 답은 쉽게 풀린다. 우리가 보통 '센터'라고 하는 것을 중국에서는 '중심'이라고 한다. '자동차매매센터'라면 '자동차매매중심'이 된다.

124쪽의 사진은 중국에서 찍은 것이 아니다. 놀랍게도 경기도 장흥 부근에서 발견한 알림막인데 그 문구가 중국식이다. 그러고 보니 요즘 '센터' 대신 '중심'이라는 말을 쓴 브랜드나 광고 문구를 심심찮게 접한다. 사대사상, 모화사상의 잔재일까? 설마 이 땅에 다시 중화세계가 건설되고 있는 건 아니겠지.

공사중
서울 거리에 이런 차도 다니던데 뭐하는 차일까?

표풍부종조 취우부종일
무슨 뜻일까?

북기집단
자금성 뒷문에 있는 주차장에 서있던 버스를 찍었다.

좌우지간 중국에는 '센터'는 없고 '中心'만 있다. 마찬가지로 '그룹'도 없고 '集團'만 있다. 왜 그럴까?

이유는 간단하다. 중국은 외국어를 받아들일 때 'center'니 'group'이니 하는 말들을 그대로 수용하는 게 아니고 자기나라말로 새 낱말을 만들기 때문이다. 대표적인 예로 코카콜라를 들 수 있다.

중국의 코카콜라는 우리가 마시는 것과 똑같은 콜라인데 'cocacola'가 아니고 '可口可乐(樂의 간체자)'이다. 입에 즐겁다는 말이다.

참고로 중국에서 코카콜라의 발음은 '커코커러'에 가깝다고 한다. 집단의 발음은 '지투안', 중심의 발음은 '쭝신', 펩시콜라는 '바이스커러', 피자헛은 '비썽커', 맥도날드는 '마이당로우'에 가깝다. 어쨌거나 중국

중국의 가구가락

한국의 코카콜라
대한민국 콜라에는 왜 한글이 없을까?

맥당로

백사가락

은 중국식 외래어 수용방식이 있는 것인데 우리가 영어낱말을 거의 그대로 받아들이는 것과는 매우 대조적이다.

사실 이 사진들을 보면서 "맥도날드를 군이 마이당로우라고 할 필요가 있을까?" 하고 의문을 품는 분들이 있을 것이다. 한편으로는 "그 사람들이 맥도날드라고 비슷하게 발음하지 못하니까 그러는 거 아니야?" 라고 생각하는 분도 있을 것이다. 그건 맞다.

어차피 한자로 표기하는 한 본디 영어낱말과 흡사하게 발음하기는 어려울 것이다. 그러나 글쓴이 생각에 이는 한자가 갖고 있는 한계에 따른 문제이기도 하지만, 우리처럼 여과 없이 외국어 그대로를 받아들이는 게 아니고 자국어화를 위해 노력하는 중국인들의 태도에서 기인하는 것이라 생각한다.

피자헛(필성객)

중국은 청나라 말기부터 법으로 정하지는 않았지만 각국의 이름은 물론 고유명사, 일반명사 등 모두를 한자로 표기하고 있다. 이게 우리하고 다른 점인데, 현재 중국에서 사용하고 있는 외래어의 한자 표기 방식은 세 가지로 분류된다. (한글문화연대 2004년 여름토론회 '외래전문용어, 우리의 대안은 무엇인가?'에서 인용)

① 소리를 이용한 표기로서 외국어가 발음되는 비슷한 발음의 한자를 조합한다.
예) 이탈리아 - 이따리(意大利)
② 뜻을 이용한 표기로서 본디 외국어 발음과는 거리가 멀다.
예) 파일 - 원젠(文件)
③ 그 밖에 방법으로 비슷한 발음의 좋은 뜻을 차용한다.
예) KFC - 컨더지(肯德基)

이제 중요한 사진 한 장을 눈여겨보자. 힘으로 명나라를 쓰러뜨리고 청나라를 건국한 만주족이 세운 도시 베이징에는 세상에서 제일 규모가 크다는 자금성이 있다. 궁궐이 크면 문도 많다. 이 사진은 그 궁 안에 있는 수많은 문 가운데 하나인 건청문의 현판을 찍은 것이다.

현판에는 분명히 한자로 '乾淸門'이라 적혀 있다. 그런데 그 옆에 나란히 적힌 글자는 무엇일까? 처음 본다. 도무지 알 수 없는 글자이다. 재미있는 건, 요즘 대부분의 중국사람들 역시 이 글자를 읽지 못한다는 거다. 왜냐하면 그것이 만주족의 글자이기 때문이다. 당시에는 한자와 더불어 나란히 쓰였지만 지금은 쓰이지 않기 때문이다. 심지어 만주족의 후예들이 모여 사는 곳에서도 만주어를 하거나 만주글자를 읽을 수 있는 사람이 드물다고 한다.

건청문

최근 일본의 요미우리 신문은 현재 중국에서 만주어를 구사할 수 있는 만주족은 '기껏해야 100명도 안 될 것'이라고 전했다. …… 중국 헤이룽장성(黑龍江省) 하얼빈(合爾濱)시 동남쪽에 위치한 아청(阿城). 만주족의 본고장인 이 지역에 만주족 농촌 '료덴만주샹(料甸滿洲鄕)'이 있다. 인구 3만 명 가운데 약 60퍼센트가 만주족이다. 이 향촌은 금나라 말기에 형성된 이래 전형적인 만주족 문화를 보존하고 있다. …… 이 마을의 권위로 촌장(50)은 "마을에서 연세 지긋한 노인들 가운데서도 만주어로 이야기하는 분이 없다"면서 "각 가정에는 가계도가 있지만 만주문자로 쓰인 오래된 기록은 아무도 읽을 수 없다"고 말했다. ─조홍민(경향신문 국제부)

얘기인즉슨, 태조 누르하치가 1636년 청나라를 건국한 이후 300년 가까이 중국 대륙을 호령했던 만주족의 문화가, 문화적으로 우월한 한족문화에 동화되면서 만주어와 만주글자 모두 소멸 위기에 직면해 있다는 것이다. 왜 청나라는 일제가 조선에서 한 것처럼 하지 않았을까? "이제부터 한자 쓰지 말고 만주글자 써!"

좌우지간 청나라가 서고 한동안 나란히 쓰이던 만주글자가 어느 틈엔가 쥐도 새도 모르게 사라져버렸다는 얘기다.

일본 간판 힐끗 둘러보기

요즘 들어 영어의 중요성이 점점 더 강조되고 있다. 실제로 과거보다는 더 많은 영어구사자가 필요하다. 하지만 그렇다고 해서 전국민이 의무적으로 영어를 잘해야 하는 것은 아니다. 국제무역을 할 사람, 외교무대에서 활동할 사람, 학문을 연구하는 사람, 그리고 각 분야에서 영어가 업무상 필요한 사람들이 영어를 열심히 공부하면 된다. 나머지 사람들은 나머지 분야의 전문가가 되는 것이 바람직하다. 그러니 국민 모두가 영어공부에 온종일 매달릴 필요는 없다.

근본적으로 저마다의 적성에 따라 소질을 개발해야 함이 교육의 기본이념에도 맞는다. 〈살며 사랑하며 배우며〉의 지자 레오 버스카글리아도 그 비슷한 말을 하지 않았던가. 어학도, 영어도 그 중 하나이니 적성도 맞고 재미있어 하며 노력하는 이들이 잘하게 되어 있다. 그러므로 필요성을 느끼는 사람이 선택적으로 할 수 있는 환경을 만들어주어야지 모두가 반드시 해야 하는 의무교육으로 강제해서는 안 된다.

그런데도 온 국민을 영어의 감옥으로 몰고 가는 듯한 정부의 태도나 우리 사회 분위기는 잘못돼도 한참 잘못된 것이다. 경제에 문외한인 내가 봐도 영어학원이 우후죽순처럼 생겨나고, 영어과외와 원어민 선생 초빙이 성행하는 오늘날의 영어교육은 투자과잉이며 비효율적인 것이다. 어떤 엄마는 아이의 영어 발음을 더 좋게 하기 위해 혀를 잘라내는 수술을 해주었다고 하니 해외 신문의 해외 토픽란에 나올 법한 얘기다.

영어공부를 하지 말자는 게 아니다. 영어공부를 하더라도 슬기롭게 할 수 있는 방법을 모색해야 한다는 거다. 실상 영어뿐만 아니라 중국어, 일본어, 프랑스어, 아랍어 등등 온갖 나라의 언어를 배울 필요가 있고, 각 분야의 연구자들에 의해 효과적인 외국어교육이 실현될 때 진정으로 넓은 세계를 이해하고 포용하는 수준의 세계화도 이룰 수 있을 것이다.

언젠가 제주도를 국제자유무역도시로 만들겠다는 플랜, 로드맵이었나, 아무튼 그런 걸 발표하며 제주도에서 영어공용화를 시행하겠다는 얘기가 있었다. 그러잖아도 제주도 사람들, 집에서 제주도말하다가 학교 가서 표준말 배우기도 쉽지 않은데 영어까지 배우라고? 이건 정말 제주도 사람들을 두 번 죽이는 일이다. 영어하기 싫으면 이사 가면 되나?

난 경제는 눈곱만큼도 모른다. 그래서 국제자유무역도시의 실현가능성에 대해서는 뭐라 말할 수 없다. 그렇지만 외국관광객을 유치하기 위해서 제주도 사람들이 영어를 배워야 한다는 논리에는 절로 웃음이 나왔다. 대개 여행을 갈 때는 거기 뭔가 보고 싶은 게 있어야 간다. 볼 것이 아무 것도 없는데 말이 통한다고 가는 게 아니다. 나도 중국에 가봤지만 만리장성 주변에 사는 중국사람들이 한국말을 잘해서 언어소통에 문제가 없어서 그곳에 간 게 아니다. 말은 통하지 않아도 만리장성을 보고 싶어서, 진시황릉을 보고 싶어서 간 것이다. 제주도도 마찬가지이다. 볼 게 있어야 외국인들이 오지 아무 것도 없는데 말만 통한다고 오겠는가? 말이야 자기 나라에 있으면 제일 잘 통하는데 그게 중요한 조건이라면 뭣 때문에 돌아다니겠는가?

20살에 떠났던 배낭여행 이후 이따금씩 가 본 제주도는 정말 아름다운 곳이다. 제주도를 영어공용화 지역으로 만들 일이 아니다. 필요한 만큼의 외국어안내자를 육성할 일이다. 그리고 제주도를 더욱 아름다운 휴양지로 가꾸고 그 아름다움을 널리 홍보하면 말이 통하지 않아도 외국인들이 몰려올 것이다.

아름답고 소중한 우리의 대한민국을, 대한민국의 거리를 'Hi Seoul My Bus'니 뭐니 영어로 온통 도배를 해서 얼치기 영어속국처럼 만들지 말자는 거다.

일본의 간판을 좀 둘러본다는 게 시작부터 엉뚱한 데로 빠졌다. 흥분을 접고 이제 본론으로 들어가자.

아마 우리나라 영어학원 간판이나 광고판은 대충 이런 식의 문구가 들어가 있을 것이다.

"Can you speak English?"

영회화 지오스

"Yes, I can."

일본의 영어학원 간판은 어떨까?

일본의 거리에서 자주 볼 수 있는 '지오스'라는 영회화 학원 간판인데 로마자는 하나도 보이지 않는다. 그렇지만 일본사람들은 그곳에 가면 영어를 잘 배울 수 있을 거라고 굳게 믿을 것이다. 간판에 영

노바영회화

어알파벳 하나 없어도 일본사람들은 그곳이 영어교육을 하는 데 아무런 문제가 없는 곳이라 믿어 의심치 않는다. 이러한 것들이 모이고 조화를 이루어 일본의 거리라는 정체성을 확보해주는 거 아닐까? 지하철 안에 걸려 있던 '노바영회화'의 광고판도 크게 다르지 않다.

다음은 대한민국의 어느 도시에 있는 영어학원 간판이다.

Your Child is so special!
프로그램 내용도 모두 영어로 적혀있다.

kid's college
그 아래 '놀이수학'이라고 쓰인 수학학원 간판에도 영어알파벳이 무지하게 많다. 요즘에는 수학 가르치는 데에도 영어가 꼭 필요한가 보다.

다음은 고베와 오사카 중간에 있는 산노미야 역의 이정표와 하겐다즈 아이스크림 가게에 붙은 포스터이다. 영어알파벳이 적혀있긴 하지만 그래도 가장 두드러지는 글자는 일본글자인 히라가나와 가다가나이다.

과거에는 일본사람들이 영어를 많이 쓴다고, 간판에도 영어표기

산노미야

하겐다즈

가 많다고 흉을 봤었다. 반쯤은 미국의 속국이라고 흉을 봤었는데 이제는 그런 소리를 할 수가 없게 되었다. 만일 그랬다간 당장에 똥 묻은 개가 겨 묻은 개 나무란다는 소리를 들을 것이다.

장애인 이동권이 학생이라고?

대한민국은 한자문화권에 속한다고 한다. 어떤 이들은 한자를 알면 중국, 일본과 쉽게 소통할 수 있다고 한다. 전혀 도움이 안 되는 것은 아니지만 천만의 말씀이다. 다음쪽의 위 사진을 보자. 방송대학 티브이에서 방영하는 화면을 찍은 것이다.

중간 중간 처음 보는 글자가 눈에 띈다. 우리나라에서 상용 1,800자니 3,000자니 해서 제법 한자를 공부한 사람도 읽을 수 없다. 왜냐하면 우리나라에서 배우는 한자와 다르기 때문이다. 저것들을 읽으려면 중국어를 배워야 하고 중국의 간체자를 배워야 한다. 다음쪽의 아래 사진에서도 중국 간체자들을 볼 수 있다. 역시 읽으려면 따로 간체자 공부를 해야 한다.

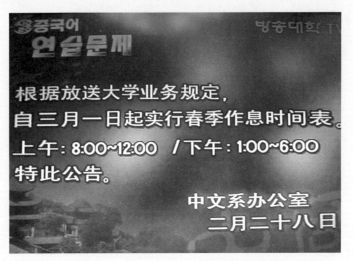

중국어강의

무료통역
우리나라 택시에서 쉽게 볼 수 있는 무료통역 안내문. 영문과 일문 그리고 중문으로 알림글을 써 놓았는데, 이는 우리나라를 찾은 외국손님들을 위한 배려이다.

다음 사진은 일본의 어느 여행사에서 만든 여행 팸플릿이다.

일본의 역사여행 팸플릿

역시 한자가 많이 섞여 있다. 즐거울 '樂' 자와 '歷史', '體驗' 사이에 있는 글자들은 히라가나인데 한자를 읽을 수 있다고 해서 무슨 내용인지 온전하게 파악할 수 있을까? 물론 '歷史街道俱樂部'에서 '會員募集中'이라는 건 알 것이다. 그런데 그 사이의 두 줄은 뭘까?

歷史街道だけで体験できる
イベントや特典がいっぱい!!

렉기시카이도우다케데다이켄데키루
이벤또야토구텐가잇빠이!!

역사가도만으로 체험가능하다

이벤트와 특전이 많다!!

앗, 잇빠이가 우리나라말인 줄 알았는데 일본어였구나! 무슨 말인지 대충은 짐작할 수 있지만, 한자만 가지고는 구체적인 내용이 뭔지 알 수가 없다. 여기서도 중요한 것은 일본어를 제대로 알아야 이해할 수 있다는 것이다.

중국은 한자의 종주국이고 글자가 없었던 한국과 일본은 한자를 빌려 썼다. 그래서 한국과 일본 양국의 고대의 기록들은 모두 한문으로 되어 있다. 일본이 10세기를 전후한 시기에 가나문자를 만들었다고 하지만 한자로부터의 완전독립은 불가능했다. 일본은 지금도 여전히 '일한문 혼용'으로 한자를 많이 쓰고 있다.

한국은 좀 늦었지만 15세기에 세종대왕이 한글을 창제하여 한자로부터 완전독립이 가능했다. 그러나 힘의 우위에서는 물론 문화적으로도 중국에 종속돼 있었던 관계에서 특권을 누리던 사대부들의 의식이 깨어나지 않아 쉽게 한글전용을 이룰 수 없었다. 세종대왕 때 최만리는 훈민정음 창제를 반대하는 상소에서, 조선은 중화세계의 일원으로 오래 전부터 중화세계의 중심국가인 중국의 한자를 쓰고 있는데 새삼스럽게 우리 글자가 무슨 필요가 있느냐고 했다. 심지어 훈민정음 창제는 중국을 거스르는 일이고 야만의 오랑캐로 전락하는 일이라고도 했다. 그러나 세종대왕은 어려운 한자를 몰라 고생하는 가여운 백성을 위해 훈민정음 창제를 밀어붙이셨다.

과거 우리 조상들은 "奈隱 予乙 照娥海"라고 썼다. 아니 그런 식으로 썼을 것이다. 요즘이라면 베트남이나 말레이시아처럼 '로마자'를 빌려다가 "naneun neoreul joahae"라고 쓸 수도 있을 것이다. 그러나 지금 우리는 "나는 너를 좋아해"라고 쓴다. 우리에게 한글이 있기 때문이다. 세종대왕이 훈민정음을 창제한 덕분이다.

그렇다. 조선의 백성이라면 누구나 편리하게 쓰고 그 권리를 누릴 수 있는 글자. 훈민정음 창제의 가장 숭고한 뜻은 여기에 있는 것이다. 또한 그것은 우리문화에 대한 자긍심을 갖게 해주는 역사적 대사건이었던 것이다.

만일 15세기에 세종대왕이 훈민정음을 만들지 않으셨다면 우리는 여전히 공자왈 맹자왈 하며 '漢字'를 빌려 쓰고 있을 것이다. 한때는 '日本のがな文字'를 쓰기도 했는데 하마터면 영원히 그럴 뻔했다. 그러니 우리 것이 있다는 사실만으로도 이 얼마나 다행스럽고 편리하고 가슴 뿌듯하고 즐겁고 행복한가! 게다가 한글은 세상에서 가장 과학적인 글자라고 외국의 학자들이 입에 침이 마르도록 칭송하는 글자이니 그 소중한 가치를 그 누구보다도 우리 자신이 잘 알아야 할 것이다.

한글에 조예가 깊고 컴퓨터 분야에서 일을 하는 어떤 분은 한글이 컴퓨터와 모바일 환경, 즉 정보화 시대에 딱 맞는 글자라며 500년 뒤를 내다보고 한글을 창제한 세종대왕의 선견지명을 소리 높여 칭송하기도 한다. 어째서 그런지는 다음 얘기를 통해 한 번 살펴보자

중국인 왕서방이 컴퓨터 자판을 친다. 3만 개가 넘는다는 한자, 게다가 획도 복잡한 그 한자를 어떻게 자판으로 칠 수 있을까? 왕서방은

먼저 영어알파벳으로 어떤 낱말을 입력한다. 그리고는 낱말마다 변환키를 눌러 화면에 뜬 여러 글자 가운데 맞는 글자를 선택한다. 이 부분은 우리가 컴퓨터로 문서를 작성하다 한자를 입력할 때, 먼저 한글로 '강'을 치고 江 美 綱 降 등등의 글자가 뜨면 그 중에서 '江'을 선택하는 방식과 같다. 그러나 중국인들은 그걸 영어알파벳을 이용해 한다는 거다.

① 'ji'를 친다. 그러면 이에 해당하는 한자가 주욱 뜬다. 그 중에서 '集'을 선택한다.

② 다음 'tuan'을 친다. 그러면 이에 해당하는 한자가 주욱 뜬다. 그 중에서 '团'을 선택한다.

이러한 작업을 위해서 중국인들은 어려서부터 한자를 영어알파벳으로 표기하는 방식을 열심히 배운다고 한다. 그런데 실제 컴퓨터 자판에서는 어떨지 모르지만 네이버의 중국어사전을 이용해서 이 작업을 해보니 'ji'에 해당하는 한자가 무려 140개나 뜨고, 'tuan'에 해당하는 한자가 11개 뜬다. '团' 자를 찾는 건 어렵지 않겠지만 '集' 자를 찾기는 쉽지 않겠다. 물론 많이 쓰는 글자를 앞쪽에 배치했을 것이다. 중앙포럼(중앙일보 2004. 10. 6)에 난 기사에 따르면 같은 병음을 가진 해당한자가 보통 20개 정도 뜬단다.

타이핑을 많이 하는 전문직 중국인들은 한자의 획과 부수를 나열한 또 다른 자판을 이용한다. 자판을 최대 다섯 번 눌러 글자 하나가 구성되므로 오필자형(五筆字型)이라고 한다. 그런데 속도는 빠르지만 익히기 어려워 일반인은 못한단다.

일본인 요시다는 어떨까? 역시 알파벳이다. 일본인들은 ‘せ’의 영어식 발음인 ‘se’로 컴퓨터에 입력하는 방식을 쓴다. 각 낱말이 영어발음 표기에 맞게 입력돼야 화면에서 가나문자로 바뀐다. 게다가 문장마다 한자가 있어 쉼 없이 한자를 변화해줘야 하므로 속도가 더디다. 102개의 가나를 자판에 올려 입력하는 방법도 있지만 역시 배우기가 어렵단다. 그러니 24개의 자음과 모음만으로 모든 글자를 단숨에 입력할 수 있는 한글은 정보화시대에 꼭 맞는 글자로서 이는 하늘의 축복이다.

휴대전화로 문자를 보낼 때 한글로 5초면 되는 문장이 중국과 일본에서는 35초 걸린다는 비교가 있었다. 역시 한글의 우수함 덕분이다. 어떤 분은 이렇게 말한다. “‘ㄱ’에 가획을 해서 ‘ㅋ’을 만드는 LG전자의 자음입력방식과 삼성전자의 모음입력방식인 ‘천지인’을 결합하면 한마디로 예술이다!”

대한민국이 인터넷 강국, 정보 강국이란 소리를 듣는 것은 바로 정보화시대에 꼭 맞는 경쟁력을 갖춘 한글 덕분이다. 그런데도 한편에서는 여전히 우리는 한자 없이는 정상적으로 살 수 없다고 주장한다.

복도 한편 벽에 ‘금연’이라는 글자가 붙어 있었다. 헌데 유감스럽게도 몇몇 학생들이 담배를 피우고 있었다. 그러자 한문에 조예가 깊은 어느 분이 그랬다.

“한자로 ‘禁煙’이라고 써 붙이면 이런 일이 없을 텐데, 한글로만 써서 학생들이 그걸 ‘吸煙’으로 이해하는 거예요. 지금 담배를 피우시오!”

그들이 정말 '今煙'이라 이해하고 그런 것일까? 게시판에 '장애인 이동권 확보'라는 문구가 붙어 있었다.

"저는 말이죠. 이 학교에 장애인 '이동권'이란 학생이 있는 줄 알았어요. 헌데 다시 생각해 보니 장애인 移動權이더군요."

참 이상하다. 그 문구를 보며 나는 한 번도 그렇게 생각한 적이 없는데 왜 그분만 그런 생각을 하셨을까?

그렇다고 해서 한자문화권이라는 말을 아주 부정하지는 않겠다. 흘러갔지만 과거의 역사 또한 우리의 것이고, 한자라는 유전자가 지닌 가치 또한 우리의 문화와 정신 속에 어느 정도는 녹아있다고 생각하기 때문이다. 그리고 여전히 우리 삶의 일정한 영역에서 한자가 필요하기도 하다. 그러므로 한자를 필요로 하는 사람은 열심히 배우시라. 하지만 그렇다고 해서 한자의 중요성을 지나치게 강조한 나머지 한자를 모르면 살 수 없을 것처럼 모든 국민을 현혹하지는 말라는 거다.

이제는 한글문화권을 우뚝 세워야 할 때이다. 한자를 쓰던 시절에 국민 대부분이 문맹이었다. 광복 후에 공문서 한글전용을 중심으로 한글보급에 박차를 가한 덕에 국민 대부분이 문맹에서 벗어났다. 배우기 쉽고 쓰기 쉬운 한글이 있었기에 가능한 일이었다.

거듭 생각해 보자. 과연 우리에게 어떤 글자가 더 좋고 필요한 것인가? 뻔한 대답을 앞에 놓고 한자문화권 운운하며 언제까지 한자와 중국에 끌려 다닐 것인가?

제 6 장

우리말이 피었습니다,
행복이 활짝 피었습니다

짬뽕이 아무리 맛있어도

나는 대한민국 사람이다. 그래서 대한민국 사람답게 살고 싶다. 된장 고추장에 김치만 먹겠다는 게 아니다. 나는 햄버거와 피자도 꽤 좋아한다. 우리 가요만 듣고 우리 영화만 보겠다는 것도 아니다. 더군다나 우리말만 고집하며 살겠다는 것도 아니다. 필요하다면 영어도 배우고 일어도 배우고 싶다. 물론 이건 내가 지금 학생이라서 그 필요를 느끼기 때문이다. 그게 아니라면 외국어 몰라도 우리말과 글만 알아도 별다른 불편 없이 편안하게 잘 살 수 있어야 한다. 이곳은 대한민국이기 때문이다.

결론적으로 말해서 외국어를 잘 구사한다 해도 당당한 한국사람이고 싶고, 청바지와 양복을 즐겨 입어도 멋진 한국사람이고 싶다. 뭔가 본연의 자세를 지키며 살고 싶다. 그것을 정체성이라고 해도 좋다. 나아가 주체성을 지니고 줏대 있게 살고 싶다. 남에게 질질 끌려 다니는 건 싫다. 잘 나가는 나라 흉내내는 것도 싫고 그들의 눈치를 보는 건 더욱 싫다. 없어도 비굴하게 살고 싶지는 않다. 한국사람으로서 의미와 참된 가치를 지키며 아름답게 살고 싶다.

2002년 월드컵 4강 신화는 즐겁고 행복한 일이었다. 올림픽에 이어 대한민국이란 나라의 존재를 세계에 알리는 좋은 기회였다. "대한민국 짝짝짝짝짝!"이란 구호와 함께 '붉은악마'도 유명해졌다. 그러나 내 눈에 그것은 '붉은악마'가 아니었다. 그것은 'Red devil'이었다.

월드컵 4강 신화를 이룩하는 데 혁혁한 공을 세운 자랑스러운 우리의 응원단 붉은악마. 그러나 붉은악마의 가슴에 새긴 글자는 'Be the Reds'였다. 전 세계의 이목이 집중된 월드컵 경기장을 온통 도배하다시피 한 글자는 유감스럽게도 영어알파벳이었다. 텔레비전을 보던 세계인 중 대한민국에 대해 무지한 어떤 이는 우리나라 사람들이 영어를 쓴다고 생각했을지도 모른다. 왜 우리는 '붉은악마'라고 쓰지 않았을까? '붉은악마'라고 써도 각 나라의 아나운서와 해설자가 자국민들에게 그게 뭔지 아주 친절하게 설명해 주었을 것이다. 소 잃고 외양간 고치는 격이 돼버렸지만 2002년 월드컵은 우리나라는 물론 우리나라의 한글을 세계에 널리 알릴 수 있는 좋은 기회였는데 아뿔싸, 놓쳤다. 세계인들에게 'Red devil'이나 'Be the Reds'는 새로운 것도 아니고 신기한 것도 아닐 것이다. 그래서 난 '붉은악마'가 아쉽다. 한글을 멋지게 도안한 글자로 장식한 옷을 입은 진정한 모습의 '붉은악마'가 보고 싶다.

붉은악마
붉은악마 공식 홈페이지에서 퍼온 사진.

ⓒ 우정욱

도안 붉은악마
Be the Reds가 아닌 한글 '붉은악마' 가 보고 싶어 아는 후배에게 도안을 부탁해 만들어
봤다.

이제 몇 장의 사진을 끝으로 얘기를 마무리하자.

경기도 고양시 탄현동

위 건물의 모습이 난삽하고 촌스러운가? 어지럽긴 하다. 그렇다 해도 그건 간판의 배열과 디자인의 문제이지 한글의 문제는 아니다. 그런데도 그것들이 온통 한글간판이어서 촌스럽다고 느끼는 분이 있다면 외출하기 전에 자주 거울을 보기 바란다.

강변스포츠월드

오른편으로 흐르는 한강도 시원하지만 이 스포츠센터의 얼굴도 시원하지 않은가? 보아하니 동양화재는 'DY'로 회사 이름을 바꾸지 않았나 보다.

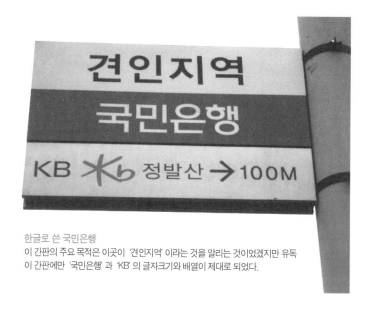

한글로 쓴 국민은행
이 간판의 주요 목적은 이곳이 '견인지역'이라는 것을 알리는 것이었겠지만 유독
이 간판에만 '국민은행'과 'KB'의 글자크기와 배열이 제대로 되었다.

인천국제공항에 가면 한글보다 영어알파벳이 훨씬 크다는데 "도대체 세계 어느 나라에서 그런 짓거리를 하는지 한심하다."고 한탄한 분이 있었다. 그분이 이상한가? 근본적으로 남녀노소 국민 모두를 위해 우리에겐 위와 같은 간판이 필요하다. 그러나 이를 위해서는 생각과 의식전환만으로는 부족하다. 제도적 뒷받침이 절대적으로 필요하다. 그런 점에서 다음의 판결 내용을 깊이 음미해봐야 할 필요가 있다.

주로 로마자로만 상호를 표시하고 있는 국민은행(KB)과 KT가 옥외광고물법을 위반했다는 취지의 법원 판단이 나왔다.

그러나 이에 대한 처벌 조항이 마련돼 있지 않아 입법 등의 조치가 뒷받침되지 않은 이상 이에 대한 효과적인 제재는 쉽지 않을 전망이다.

서울중앙지법 민사15부(재판장 김만오 부장판사)는 12일 한글학회 등 한글 관련 단체와 대학 국문과 교수 등이 영문으로 상호 변경 및 기업이미지통합(CI)을 단행한 국민은행과 KT를 상대로 낸 소송에서 "국민은행 등은 외국 문자로 기재하는 경우 한글을 병기해야 한다는 옥외광고물법 시행령 13조 1항을 위반했다"고 판단했다.

그러나 재판부는 "국가가 개인이나 사기업에게 일정한 의무를 부과하고 이를 어기는 경우 제재할 수는 있으나 사회구성원인 개개인이 손해배상을 청구할 수는 없다"며 원고 패소 판결했다.

재판부는 판결문에서 "국민은행 등의 옥외광고물 중 모두 외국 문자만 기재했거나 외국문자에 비해 한글이 인식될 가능성이 현저하게 낮게 기재된 것은 위법한 광고물"이라고 판시했다.

재판부는 "'한글을 병기해야 한다'는 규정의 취지는 광고물 전체로 보았을 때 한글로 기재한 부분과 외국 문자로 기재한 부분이 사람들에게 비슷한 정도로 인식되고 이해될 수 있을 정도일 것을 요구하는 것"이라고 설명했다.

재판부는 한글병기조항의 효력과 관련해 "국가는 국민들로 하여금 공용어인 한국어만으로 사회생활에 불편함이 없도록 하고 한국어를 보호 · 육성할 의무가 있다는 점 등을 감안하면 위헌이라거나 아무런 효력이 없는 훈시규정이라고 볼 수는 없다"고 밝혔다.

그러나 재판부에 따르면 현재 이 조항과 관련한 처벌 조항이 없어 이 같은 위반 사실에 대해 국가나 지방자치단체가 벌금이나 과태료를 부과할 수는 없다.

한편 정부출자기관으로 출발하고 국가의 보호 아래 성장한 피고 회사들이 한글 상호를 버린 것은 잘못된 행위라는 한글학회 등의 주장에 대해 재판부는 "국민 정서에 반하는 경영 전략을 세우지 않아야 할 도의적 책임을 물을 수 있으나 민간기업에게 공공성을 강제할 수 없다"며 받아들이지 않았다.

한글학회 등은 국민은행과 KT가 영어로 된 CI만 강조하고 있고 'Think Star', 'Let's KT' 등의 영어 슬로건을 광고의 기본 전력(전략-글쓴이)으로 삼고 있어 아픔과 분노를 느낀다며 지난 2002년 소송을 냈었다. ―KB · KT 한글병기조항 위반(MBN TV 2004. 8. 12)

프랑스는 1976년 '프랑스어 정화법'과 1994년 '프랑스어 사용에 관한 법률' 제정을 통해 광고와 상표에서 프랑스어 사용을 의무화하고, 프랑스어가 있음에도 불구하고 외국어를 과다 사용할 경우, 벌금을 부과하고 있다. 캐나다 퀘벡 주에도 1988년 제정된 '언어 정화법'이 있어서 영어로 간판을 사용할 경우에는 프랑스어의 1/3로 글자크기를 제한하도록 되어 있다. 폴란드 역시 2000년에 제정한 '국어법'을 통해 상품에 폴란드어 상표 부착을 의무화하고 있다.

2004년 12월 29일, 대한민국의 국어이자 공용어는 한국어이며 한글은 국어를 표기하는 우리의 고유 문자임을 명문으로 규정한 국어

기본법이 국회에서 통과되었다. 앞의 예를 든 나라들처럼 강력한 의무조항이나 처벌조항이 빠진 것 같아 아쉽지만, 이로써 한국어의 안전한 발전을 위한 제도적 틀이 마련됐으니 이나마 참으로 다행스런 일이다.

어쨌거나 우리에게 필요한 건 KB, SK, KTF, KT&G, HANKOOK TIRE가 아니다. 할머니도 할아버지도, 한글을 막 뗀 어린이도 읽을 수 있는 우리말 간판이다. '클라쎄'가 어느 회사에서 나오는 건지 모르지만 기본이 되지 않았는가!

클라쎄
최근에 생긴 간판인데 한글로만 문구를 넣어 아주 시원하게 보이고 촌스럽게 느껴지지도 않는다.

다음과 같은 식의 알림글도 더 이상은 보고 싶지 않다.

駐韓 英國文化院은

다음달 1일부터 1週日間을 Beatles 週間으로 定해

Beatles 關聯 poster 展示와 映畵上映 等의 行事를 마련했다.

文化阮 側은 行事其間中

poster, 寫眞, 冊 展示 外에

Beatles가 出演했던 映畵와 documentary 2篇씩

總 12篇을 上映한다.

이것이 모든 평범한 대중을 위한 것이라면 영어알파벳, 한자, 한글이 뒤섞인 위와 같은 알림글이 아니라 바로 다음과 같은 알림글이 필요하다.

주한 영국문화원은

다음달 1일부터 1주일간을 비틀즈 주간으로 정해

비틀즈 관련 포스터 전시와 영화상영 등의 행사를 마련했다.

문화원 측은 행사기간중

포스터, 사진, 책 전시 외에

비틀즈가 출연했던 영화와 다큐멘터리 2편씩

총 12편을 상영한다.

미국에 여행갔을 때 부러웠던 것은 도로 표지판이 영어알파벳 한

가지로만 적혀 있다는 것이었다. 우리는 엄청 복잡하다. 다음 사진을 보자. 교육적으로 얼마나 큰 효과가 있을지 모르지만 이것도 우리 애들 엄청 헷갈리게 하는 거다.

우리나라에는 세종대왕이 만드신 한글이 있다고 들었는데, 그뿐만 아니라 한자와 영어알파벳도 있다. 야, 우리나라 글자 무지 많다. 부자다!

공문서나 공문서에 준하는 글들, 이를테면 거리의 안내문 같은 것들도 한글만으로 충분하다. 일선 행정기관도 더 이상은 한자 모르는 사람들 약 올리지 말고 겸손하게 머리를 숙이길 바란다. 한자 쓰고 영어 쓰는 거, 필요할 때나 잘하고 이제부터라도 국민을 위해 봉사했으면 한다.

사랑관
서울의 어느 초등학교에서 찍은 사진이다. 1학년 교실 입구의 모습.

世界의 中心으로
'세계의 중심' 이라고 쓰면 충분하다. 남녀노소 누구나 다 읽을 수 있다.

살기 좋은 은평
한글만으로도 하고 싶은 말 다 하는 은평구. 논과 밭 사이로 작은 시냇물이 흐르던 아름다운 곳. 어린 시절 어머니 아버지 손을 잡고 함께 오르던 인왕산 자락. 그리운 내 고향, 가고파라 내 고향 은평!

우리가 처해 있는 우리 삶의 환경은 세상을 살아가는 데 있어서 대단히 중요하다. 자연환경, 교육환경, 주거환경 등이 모두 중요하다. 백 번 강조해도 지나치지 않는다. 거기에 글쓴이가 간절하게 바라는, 건강하고 아름다운 문자환경의 중요성도 끼워주시기 바란다. 중국집 짬뽕이 아무리 맛있어도 우리의 언어생활, 문자환경마저 짬뽕을 만들지는 말자. 미국, 중국, 일본 등이 뒤죽박죽된 (문화)정체성불명의 거리를 정말로 원하는가? 대한민국을 국적불명의 나라, 짬뽕의 나라로 만들고 싶은가?

꿈에 그린 이름들

    텔레비전 광고에 빈번하게 등장하는 아파트 광고는 어느덧 우리의 주거문화가 아파트에 크게 의존하게 됐음을 일깨워준다. 실제로 아파트는 대한민국의 도시는 물론 전국의 산하를 차지했다고 해도 틀리지 않는다. 기차를 타고 가을 벌판을 달리다 처음 발견했던 들녘의 아파트는 왠지 부조화 그 자체인 것 같았지만 이제는 아주 예사로운 풍경이 되어 버렸다. 전국이 아파트로 둘러싸였다. 바야흐로 대한민국은 아파트 왕국이다. 이 아파트들의 이름 대부분이 외래어 또는 외국어를 채택하고 있다.

    LG의 자이(XI-extra intelligent)를 비롯해서 현진 에버빌(Evervill), 롯데 캐슬(Castle), 일신의 휴먼빌(Humanvill), 현대 홈타운(Hometown), 현대 아이 스페이스(I space), 대원 칸타빌(Cantavil), 한라 웨스턴돔(Western Dom), 태영 데시앙(Dessian), 월드의 월드

메르디앙(World Meridian), SK 엠시티(M city), 벽산 블루밍(Blooming), 동문 굿모닝힐(Goodmorninghill), 두산 위브(We've) 등 국적을 알 수 없는 요란한 이름들이 넘친다. 글쓴이가 아는 어떤 할머니는 최근 미켈란 쉐르빌이라는 아파트로 이사 가셨는데, 이 할머니는 아직도 아파트 이름을 제대로 기억하지 못하신다. 아무래도 석달 열흘 걸릴 것 같다.

그래도 절망은 없다! 눈을 씻고 찾아보면 'e'가 들어갔지만 대림 '이(e)-편한세상'도 있고, 신원의 '아침도시', 대우의 '푸르지오', 한화의 '꿈에그린'도 있다.

아름답고 편안하다는 의미를 가진 삼성의 래미안도 재미있는 이름이다. 영어 같지만 알고 보면 '來美安'이다. 대우자동차의 來强者와 비슷한 조합인데, 정확한 얘기인지는 모르지만 중국시장 수출을 겨냥해서 '강자가 온다'는 뜻으로 붙인 이름이라고 한다. 그렇다면 삼성의 '來美安'도 중국에 수출하자. 영우의 '내안愛' 역시 비슷한 조합이다. 발음이 듣기에 따라서 '내 안에'로 들리기도 하지만 '내 아내'로도 들린다. 대한민국의 아내들은 '내 아내'를 좋아할 것이다.

앞의 것 몽땅 없애고 뒤의 것처럼만 하자는 거 아니다. 이런 쪽에서 바람직한 문자환경의 길을 찾아보자는 거다. 위에 열거한 아파트들처럼 그 건설회사를 대표하는 상품은 아니지만, 광화문에 지어진 아파트로 지역적인 특성을 살린 이름을 갖고 있는 '경희궁의 아침'도 참 좋다. 벌써 오래 전이지만 일산 화정이 개발되었을 때 현대식으로 건축된 아파트 벽면에 씌어있던 '옥빛마을' '별빛마을' '달빛

마을' 등의 마을이름이 주던 신선함과 정겨움은 잊을 수 없고, 그 아파트들은 지금 이 순간에도 '화정'이란 작은 도시를 대표하는 친근한 얼굴이다.

1998년에는 서울 용산구 이촌동의 한 재건축아파트 외벽에 '한가람아파트'라는 이름이 새겨졌다. 원래는 시공사 이름을 따 '건영아파트'로 할 예정이었으나 건영 부도 뒤 주민들의 희망에 따라 바뀌게 됐다고 한다. 사연은 있었지만, 1996년 입주한 인근 현대아파트의 경우 용산구청이 순우리말 이름을 붙이기를 권고했으나 입주자들이 집단시위까지 벌이면서 이름을 고수했던 것과 대조적이다. 그렇다. 회사 이름을 포기하더라도 한강주변이니 '리버사이드'니 '리버파크'니 하는 식의 이름들을 더 선호하고 고집하던 때가 아니었을까? 그러나 우리 사회에는 이렇게 도도하게 흐르는 큰 강물과도 같은 신선한 변화의 바람이 불고 있었던 것이다.

이와 같은 시도가 결코 쉬운 일이 아니다. 무슨 일이든 앞서가려면 용기가 필요하다. 그런 점에서 얼마전 문을 연 일산 덕양의 '덕양어울림누리'는 그 이름만으로도 우리나라 문화예술 현장에 이정표를 세운 것이라 생각한다.

이름 그대로 모두가 어울리는 세상이라는 뜻이다. 그런데 처음에는 이름을 이렇게 짓는 것에 대해 반대하는 사람들도 엄청 많았다고 한다. 보통 이런 시설에는 회관, 전당, 센터 같은 말들이 따라붙지 않는가? 아마 '덕양문화예술회관'이나 '덕양문화예술센터'라는 이름을 주장한 이들도 많았을 거다. 순우리말 이름을 짓는 것에 대해 이렇게 말하는 이도 있었으리라.

덕양어울림누리
산새 우는 고장 덕양. 아름다운 사람들이 조화롭게 어울리는 누리.

"이름이 그래가지고 되겠어?"

이름이 어때서? 회관이니 센터니 하는 뻔한 이름보다 백 배 천 배 신선하지 않은가. 세상이 변하고 있다. 고정관념에서 벗어나야 한다. 많은 반대를 물리치고 '덕양어울림누리'를 세상에 내놓은 분들께 감사와 존경의 박수를 보낸다.

요즘 대학에서 벌어지는 일들

우리 사회가 어려움과 혼란에 처했을 때마다 늘 개혁과 변혁의 중심에 서있던 대학의 젊은이들에게서도 희망을 발견하고 싶다. 대학

만남 사
사학과에서 붙인 거 같은데, 우리 과 이거 왜 이러나?

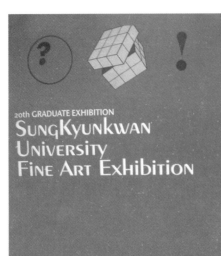

20th GRADUATE EXHIBITION
SungKyunkwan
University
Fine Art Exhibition

제 20회 성균관대학교 미술학부
미술학과 졸업전시회
종합전_2004. 11. 17(수)~11. 23(화)
서양화_2004. 11. 24(수)~11. 30(화)
장소_성균관대학교 경영관 1층 성균갤러리

파인아트엑시비션
미술은 꼭 영어로 해야 할까?

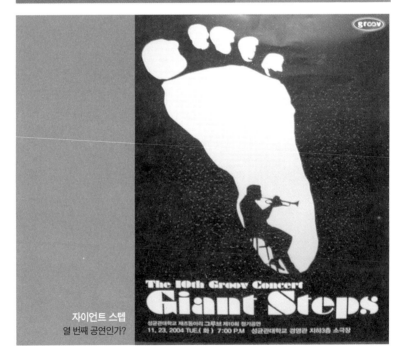

자이언트 스텝
열 번째 공연인가?

The 10th Groov Concert
Giant Steps
성균관대학교 재즈동아리 그루브 제10회 정기공연
11. 23. 2004 TUE.(화) 7:00 P.M   성균관대학교 경영관 지하3층 소극장

에 가보면 온갖 대자보들이 어지럽게 걸려 있다.

학교 안을 걷다 보면 영어나 한자, 그밖의 다른나라 문자들이 들어간 알림글을 많이 보게 된다. 대학이라는 곳이 온갖 학문을 연마하는 곳이라는 특성도 있는 까닭에 어찌 보면 자연스러운 현상이랄 수도 있다. 하지만 아래와 같은 포스터도 아름답다. 그 존재도 아름답다.

170쪽의 알림글은 유학대학생회에서 새터 준비과정에 대해 묻는 공개질의서인데, 영어알파벳도 없고 한자도 없지만 하고 싶은 말은 다 했고 보기도 좋고 깔끔하다.

그러나 전국의 대학이 너도나도 글로벌화를 표방하는 게 오늘의 현실이다. 어느 사립대학은 대학의 세계화를 위해 영어 강의 비율을 2005년에 30퍼센트까지 확대하고 이후 점차 비중을 늘려나가겠다는

소리를 열다
'국악공연을 알리는 포스터니까 당연하지.' 라고는 하지 말자.

새터 준비 과정에 대해서
34대 성대사랑⁺
총학생회에 보내는
공/개/질/의/서

포/궁 19대 유학대 학생회

공개질의서

가슴 벅찬 포부(?)를 밝혔다고 한다. 수업을 영어로 진행하는 것이 곧 세계화와 직결되는 것인지, 그것이 진정한 세계화인지 나는 모른다. 하지만 나는 가슴이 아프다. "머지않아 우리의 한글은 학문을 할 수 없는 수준 낮은 글자로 전락할지도 모른다."는 어느 정치학자의 말이 나를 서글프게 한다. 정말로 우리의 한글, 우리의 글과 말을 생선 썩는 냄새가 진동하는 쓰레기통에 처박듯 내팽개쳐버리겠다는 것인가?

글쓴이는 늘 생각한다. 우리 한글로 아름다운 시를 쓰고 재미있고 감동적인 소설을 써야 한다. 가슴 뭉클한 사랑의 편지도 써야 하고, 당연히 수준 높은 학문을 논할 수 있어야 한다. 그렇게 아름답고 향기로운 한글문화를 가꾸어나가야 한다. 그렇기 때문에 이렇게 우리

우리말더듬이
성균관대학교 한글문화연대의 작품으로 성균관대학교 안에 있는 승강기에 달려 있다. 일주일 단위로 바른말 고운말, 북한말, 사투리, 아름다운 옛말, 우리말다듬기 등 우리말에 관한 다양한 정보를 번갈아가며 제공하고 있다.

말을 홀대하는 식의 정책이나 제도를 만들어서는 안 되는 것이다. 그러나 민족의 대학으로서 오랫동안 국민의 사랑을 받아오던 그 학교는, '민족OO'라는 상징적인 이름마저 '글로벌OO'로 바꾸겠다고 했단다. 유감스럽게도 글쓴이가 다니는 대학교도 비슷한 문구를 내걸었다.

하지만 나는 또 다시 희망을 찾아본다. 21세기는 정보화 시대이다. 사람들은 온갖 분야의 정보를 필요로 한다. 대학생들에게 그러한 필요는 더욱 절실할 것이다. 그 숱한 정보 가운데 하나, 우리말에 관한 정보도 꼭 필요하다는 인식을 가져야 한다. 그렇기에 위에 보이는 '우리말더듬이'와 같은 게시판은 눈물겹도록 소중하다.

한글 금배지에는 의혹이 없다

며칠 전 우연히 텔레비전 채널을 돌리는데 '텔레토비'를 방영하고 있었다. "아니 저걸 또 재탕을 하나?" 하는 생각을 했지만 오랜만에 보니 반가운 마음도 들었다. '아이 좋아~' '이제 그만~'을 연발하던 특유의 말투는 애들뿐만 아니라 어른들도 좋아하던 대사다. 90년대 후반에 어찌나 인기가 많았던지 텔레토비를 소재로 한 퀴즈도 나왔었다.

텔레토비를 북한말로 뭐라고 할까요?
전파뚱땡이

텔레토비와 국회의원의 공통점은 뭘까요?
첫째, 지붕이 둥근 집에 산다.

둘째, 똑같은 말을 반복한다.

셋째, 여럿이 몰려다닌다.

넷째, 인간이 아니다.

언젠가 국회의원들이 꽤 많이 모인 자리에서 과감하게 앞의 두 번째 애기를 해봤는데, 다들 껄껄 웃어주었던 기억이 난다. 이런 퀴즈도 있었다. "정자와 정치인의 공통점은 뭘까요?" 글쎄, 이게 무슨 공통점이 있을까? 꽤나 아리송한 문제지만 정답은 있다. 인간될 확률이 수억 분의 일이라는 거다. 정치인에 관한 농담은 여기까지.

재작년 557돌 한글날, 통합신당의 국회의원들이 기존에 쓰고 있던 한자이름 명패를 한글로 쓴 명패로 바꾸려고 했지만 다른 의원들의 반발로 뜻을 이루지 못했다. 어처구니 없는 일이다. 선거 때 이들은 한자이름을 쓰지 않는다. 선거 때 만드는 온갖 유인물에 대

한글명패를 앞세운 의원들
출처 - http://news.empas.com/show.tsp/20040509n01788/

문짝만하게 기호 1번, 2번과 함께 인쇄되는 이름은 분명 한글로 쓴 것이다. 표 달라고 허리 굽히며 돌아다닐 땐 이름을 한글로 쓰지만 일단 당선돼서 국회에 들어가기만 하면 언제 그랬냐는 듯 한자명패를 쓴다. 16대까지 대한민국의 국회의원들이 대부분 그랬다. 그러나 올해 17대 국회에서는 한글명패를 쓰는 국회의원들이 많이 등장했다.

> 9일 국회사무처 관계자에 따르면 열린우리당과 민주노동당의 당선자 총 162명은 모두 한글명패 사용을 신청했고, 한나라당에서는 65명이 한글 사용을 원하는 것으로 나타났다. 이에 따라 17대 국회에서는 전체 의원 정수 299명 가운데 최소 227명(75.9%)이 한글명패를 사용하게 될 것으로 파악됐다. 이 같은 비율은 16대 임기 종료를 앞둔 지난 1월 현재 한글명패 비율인 42.1%(114명)보다 큰 폭으로 늘어난 것이다. —일간스포츠 2004. 5. 9

17대 의회에 등원한 민주노동당의 노회찬 의원은 "'國' 자가 의혹을 나타내는 '或(혹)' 자로 보여 오해의 소지가 있다."는 얘기를 하며 의원 배지를 달지 않았다. 그런 그에게 한글문화연대는 한글로 '국회'라고 새겨진 국회의원 배지를 전달했다.

지난 10월 9일에는 열린우리당의 신기남 의원, 한나라당의 박신 의원 등 여야 의원 30여 명이 "한글날을 국경일로 지정하는 입법안을 마련, 17대 국회 회기 내에 이를 입법화하기 위해 공동 노력을 기울이기로 했다."는 소식이 들렸다.

박진 의원은 "정부는 한글날이 문화와 관련돼 있어 국경일 지정이 어렵다고 하지만 한글날은 민족의식 고취는 물론 민족의 정체성과 관련돼 있다."면서 "단순한 공휴일 지정이 아니라 국가적 차원에서 국경일로 지정해야 한다."고 말했고, 노회찬 의원도 "단순히 공휴일을 하루 늘리자는 게 아니라 한글이야말로 인류문명이 낳은 최고의 지적 성취라는 점을 부각시키기 위해 국경일로 지정하는 것이 바람직하다."고 말했다.

한글 국회의원 배지
"이제야 금배지를 달아보네." 노 의원의 말이다. 아울러 그는 "민노당 의원 전원을 포함해 뜻이 맞는 의원들에게 나눠주고 착용을 권장하겠다."고 말했다.
사진출처 - 세계일보 2004. 6. 30

정말로 한글날이 국경일이 될지 여부는 좀 더 끈기를 갖고 기다려 봐야겠지만 우리에겐 이렇게 희망을 주는 국회의원들이 필요하다는 거다.

이와 같은 정가의 흐름에 또 반가운 소식이 있었다. 한나라당과 일부 언론을 향해 쓴소리를 해서 공박을 당하고 있는 이해찬 총리가 그 주인공이다. 지난 11월 8일, 이해찬 총리가 총리실 간부회의를 주재한 자리에서 "앞으로 정부의 정책 및 기타 여러 가지 사안과 관련한 용어를 외국어가 아닌 국어로 쓰자."고 했단다. 국민의 소수만 이해하는 외국어로 정책의 이름을 지을 경우, 정책의 내용이 국민에게 정확히 전달되기 어렵다는 것이다. 그걸 이제 알았나?

　그동안 정체를 알 수 없는 국적불명의 용어들이 정부의 언어생활을 문란케 한 점을 비추어 볼 때, 만시지탄의 아쉬움이 있지만 그래도 반갑다. 우리에겐 이런 생각을 갖고 실천해 나가는 정치인들이 필요하다. 앞으로는 '로드맵'이니 '뉴딜', '클러스터'니 하는 수수께끼 같은 말들이 사라질 것이다. 요즘 나라가 어렵다고 난리들인데 취임 초기 '로드맵'을 유행시켰던 노무현 대통령의 국가와 국민을 살리는 멋진 청사진도 기대해 본다.

텔레비전에 네가 나온다면

한국방송공사에서는 올해 처음으로 한국어능력시험을 실시했다. 시험보는 거 솔직히 괴롭고 싫지만 온갖 시험 다 있는데 한국어 시험이 없었다는 건 우리 사회의 어금니가 빠져 있었던 거다. 그러니 "우리말은 대충 하고 영어 열심히 해."라며 등 떠민 거 아닌가? 늦었지만 한국어능력시험의 실시를 축하한다. 이를 계기로 '국어가 기본이고, 국어가 경쟁력' 이라는 인식을 심어주자. 그러나 여기서 그치면 안 된다. 우리 사회 전체의 변화가 필요하다. 학교에서는 맹목적인 영어교육을 삼가야 한다.

"사람은 누구나 저마다 소질과 특징이 있는 겁니다."

말은 그렇게 하지만 실제로는 영어교육에만 지나치게 열을 올리는 게 우리의 교육현실이다. 애들 말하는 거 들어보면, 국어공부도 더 해야 하고 미술시간에는 그림도 그리고 체육시간에는 축구, 농구, 뜀뛰기도 해야 한다.

대학에서는 저마다 전공에 따라 정말로 필요한 공부를 깊이 있게 해야 한다. 그렇지만 현실은 그렇지 않다. 입사준비에 매달려 아침저녁으로 영어학원에 들락거리는 게 일이다 보니, 전공지식을 쌓는데는 시간이 턱없이 부족하다. 더군다나 요즘에는 삼품제니 뭐니 해서 졸업자격을 얻는 데에 토익 또는 토플 '몇 점 이상'이라는 기준이 있다. 그 바람에 졸업학점 다 이수해 놓고 영어 때문에 졸업을 못하는 대학 5학년생도 있고 6학년생도 있다. 정작 당사자는 영어를 좋아하지도 않고 영어가 유용하게 쓰일 분야에 진출할 생각이 없는데도 말이다. 영어에 미쳐 돌아가는 사회의 비극적인 한 단면이다.

이런 문제를 해결하려면 궁극적으로 기업의 변화가 필요하다. 기업에서 신입사원을 채용할 때, 영어점수만 봐서는 안 된다. 적재를 적소에 배치한다는 대전제 아래 영어점수를 채용의 중요한 기준으로 획일화하고 있는 현행 신입사원 채용의 틀을 뜯어고쳐야 한다. 얼마 전 뉴스전문채널에 근무하는 후배가 이런 말을 했다.

"입사를 위해 영어공부를 열심히 했고 천신만고 끝에 입사했는데, 몇 년 동안 업무에 영어를 쓸 일은 한 번도 없었습니다."

몇 년 전 나와 함께 일하던 어떤 피디는 한동안 진급시험을 위해 영어공부를 열심히 하더니 시험이 끝나자마자 다시 영어책을 덮었다. 그의 영어 실력이 수준급이라는 걸 잘 알지만 그가 업무에 영어를 활용하는 건 한 번도 본 적이 없다. 그래도 배워두면 언젠가 써먹을 수 있을 거라고? 언젠가 한 번 써먹기 위해 우리 모두에게 너무 무거운 짐을 지우고 있는 게 지금 우리의 현실이다. 영어 하나만을 강조하고 강요하는 사회체제와 사회정서도 문제이고, 지나치게 비효율적인 투자 또한 문제이다.

평소 영어를 그다지 필요로 하지 않는 부서이지만 다른 쪽의 전문지식은 필요로 하는 부서라면 사람을 뽑을 때부터 그 분야의 전문성을 갖춘 인재를 채용함으로써 각 분야의 고른 발전을 지향하는 쪽으로 제도를 개선하는 것이 훨씬 합리적이고 바람직하리라 생각한다. 기업의 채용기준이 이런 식으로 바뀌어야 우리 사회에 각 분야의 전문가들이 골고루 등장할 것이다.

에스비에스의 도전천곡은 '도전희망50곡'으로 대결이 시작된다. 처음 글쓴이가 진행을 맡았을 때는 노래를 고르는 구호가 '스톱'이었다. 그런데 이게 사람에 따라 '스탑' '스돕' '스다쁘' 등 각양각색이었다. 어쨌거나 그보다는 '멈춰'가 나을 것 같아 슬쩍 제안을 했는데, 고맙게도 채택이 되어 그 후로는 '멈춰'라는 우렁찬 구호를 들을 수 있게 되었다.

지난해 원미연 씨가 상을 당했을 때의 일이다. 도천천곡에서 꽃을 보냈는데, 원미연 씨가 꽃을 보고 잠시 웃었단다. 왜냐하면 그 꽃에 '근조 도전천국'이라고 써있었기 때문이다. 어르신네께서 돌아가셨으니 이제 천국에 도전하시라는 의미였을까? 그렇게 생각하니 정말 빙그레 웃음이 나오기도 한다. 주문을 한 사람의 실수일까, 주문을 받은 사람의 실수일까? 그래서 우리말도 발음을 또박또박 정확히 할 필요가 있다.

노래를 부를 때도 마찬가지인데, 일상에서 '니가 니가' 하다 보니 이제는 노래 제목마저 '니가 참 좋아' 가 되어 버렸다.

> 온종일 정신없이 바쁘다가도 틈만 나면 니가 생각나
> 언제부터 내 안에 살았니 참 많이 웃게 돼 너 때문에
> 어느새 너의 모든 것들이 편해지나 봐 부드러운 미소도 나지막한 목
> 소리도
> YOU~ 아직은 얘기할 수 없지만 나~ 있잖아 니가 정말 좋아
> 사랑이라 말하긴 어설플지 몰라도 아주 솔직히 그냥 니가 참 좋아

'네가 참 좋아'를 잘못 발음하면 네가 좋다는 건지 내가 좋다는 건지 헷갈릴 것 같아 아예 니가 참 좋다고 했겠지. 그렇지만 아무리 그래도 '네가 참 좋아'라고 발음할 수 있어야 하지 않을까? 한마음이 불렀고 지영선이 다시 부른 '가슴앓이'라는 노래에 '네 모습에'라는 가사가 나오는데 전혀 헷갈리지 않는다. 다음 가사에 따라 직접 불러보시길.

> 밤별들이 내려와 창문 틈에 머물고
> 너의 맘이 다가와 따뜻하게 나를 안으며
> 예전부터 내 곁에 있는 듯한 네 모습에
> 내가 가진 모든 것을 네게 주고 싶었는데
> 골목길을 돌아서 뛰어가는 네 그림자
> 동그랗게 내버려진 나의 사랑이여
> 아 어쩌란 말이냐 흩어진 이 마음을

아 어쩌란 말이냐 이 아픈 이 가슴을

다음 사진은 도전천곡 방송 장면 중 하나인데, 뒤쪽에 '도전1000곡' 이라고 쓰여 있는 게 또렷하게 보인다.

에스비에스의 '도전천곡

방송프로그램마다 그 프로그램의 성격에 맞는 개성있는 세트를 만든다. 기둥도 세우고 벽도 세운다. 책상도 갖다놓고 분위기에 따라 소파도 들여 놓는다. 좌우지간 예쁘게 멋있게 꾸민다. 이때 대단히 중요한 것 중의 하나가 바로 프로그램의 제목을 표기하는 작업이다. 세트 디자이너들이 매우 고민하는 대목이다. 우리말겨루기의 전신이었던 '퍼즐챔피언'의 세트에는 'puzzle champion'이라는 제목과 함께 'puzzle'이라는 로마자가 세트 여기저기에 무수히 적혀

한국방송공사의 '우리말겨루기'
2004년 11월부터 김현욱 아나운서가 진행하고 있다.

한국방송공사의 '연예가중계'

문화방송 '유재석 김원희의 놀러와'

에스비에스 '김용만 신동엽의 즐겨찾기'

에스비에스 '백만불 미스터리'

있었다.

"이걸 꼭 로마자로 적어야 하나요?"

"꼭 이렇게 해야 하는 건 아니지만 왠지 한글로 하면 촌스러워 보일 것 같아서요."

"한글로 하면 촌스러울 것 같다는 것도 잘못된 편견이지만 디자인을 멋있게 하면 되지 않을까요?"

"실은 저희도 그게 고민이에요."

프로그램 초기에 글쓴이가 디자이너와 나눈 대화이다. 그의 말처럼 충분히 고민해야 하는 까닭은 이것이 우리 삶을 둘러싸는 매우 중요한 문자환경이기 때문이다. 헌데 얼마 전까지만 해도 퍼즐뿐만

교육방송의 '코리아 코리아'

아니라 온갖 프로그램 세트에 로마자가 난무했다고 해도 그리 틀리지 않을 것이다.

그러나 최근의 상황은 매우 고무적이다. 글쓴이가 진행하는 도전천곡, 백만불 미스터리, 코리아 코리아 뿐만 아니라 연예가중계, 놀러와, 즐겨찾기 등등의 프로그램 세트에 들어간 제목이 모두 한글로 디자인 되었다. 기적 같은 일이지만 이제야 제자리를 찾는 느낌이다. 이런 노력을 더 키워나가야 한다.

나도 받아쓰기대회가 무섭다

요즘 들어 주변에서 우리말에 대한 관심이 높아졌다는 말을 많이 한다. 그래서인지 방송에도 우리말을 소재로 하는 프로그램이 많이 생겼다. 사랑해요 우리말, 바른말 고운말, 우리말 나들이 등은 두말할 나위조차 없고, 글쓴이가 진행하던 '우리말 겨루기', 교육방송의 '우리말 우리글'이 그렇다. 최근까지 인기리에 방영됐던 '학교전설'이라는 프로그램도 빼놓을 수 없다. 연예인들을 중심으로 사회 각 분야의 전문가들이 스무 명 가까이 출연해서 초등학생들처럼 받아쓰기대회를 했는데 아주 흥미진진했다.

사실 여기서부터는 글쓴이의 '받아쓰기대회 도전기'라고 작은 제목을 붙여도 어색하지 않을 것이다. 솔직히 말하자면 이 글을 쓰는 지금 심정이 매우 부끄럽고 우울하고 참담하기까지 하다. 왜냐하면 이 프로그램에 출연해 톡톡히 망신을 당했기 때문이다. 속된 말로

'개망신'이라고 하던가.

지난 10월에 도전천곡 담당 피디가 출연부탁을 했다. 학교전설 연출자가 후배인데 내가 출연하기를 간절히 원하고 있다는 거였다. 거기 출연해서 잘해야 고작 체면을 유지하는 거고, 자칫 잘못하면 손해보기 십상인데 어떡하나? 잠시 고민을 했지만 함께 일하는 피디의 부탁, 담당 피디의 간절한 소망, 무엇보다도 중요한 것은 우리말을 누구보다 사랑한다고 자부하는 글쓴이가 그렇게 멋진 프로그램을 피해서는 안 된다는 생각에 출연을 약속했다.

받아쓰기대회를 본 사람은 알겠지만 예선은 총점제로 진행된다. 여러 문제를 풀어서 성적이 좋지 않은 몇 사람만 탈락하고 대개는 본선에 진출한다. 문제는 본선이다. 이게 살아남기 방식을 채택하고 있는데, 한 문제라도 모르는 문제가 나오면 그 순간 탈락할 수밖에 없다는 거다. 그래도 큰 문제는 없으리라 기대하며 동료들과 함께 출연자석에 앉았다. 그런데 이거 왜 이렇게 떨리는 걸까?

첫 번째 문제가 뭐였는지는 기억나지 않는다. 쉽게 풀고 다음 문제로 넘어갔다. '꽃길'을 표준발음법에 따라 소리 나는 대로 쓰라는 문제가 나왔나? 어려운 문제는 아니었지만 순간 긴장이 됐다. '꽃길'이라, 그렇지 'ㅊ'은 'ㄷ'으로 소리가 나고, 두 번째 음절의 'ㄱ'은 'ㄲ'이 되겠지? 그래 '꼳낄'이다. 역시 정답이었다. 답을 설명하는 과정에서 'ㄷ ㅅ ㅈ ㅊ ㅌ ㅆ' 등의 소릿값은 'ㄷ'이라고 했더니 다들 놀라는 분위기였다. 이렇게 두 문제를 연거푸 푸니 "오늘은 저쪽에 답안지가 있네요."라는 말까지 나왔다.

비교적 출발이 순조로웠다. 그러나 결코 만만치 않은 것이 모택동을 외래어표기법에 입각해서 원지음에 따라 표기하라는 거였다. 사실 외국사람 이름을 정확하게 불러주자는 취지를 갖고 있는 문제지만 재미로 풀어보는 문제이기도 하다. 실제로 모타이똥, 머타인띵 등 재밌는 답이 많이 나왔다. 글쓴이는 '마오쩌뚱'이라고 썼는데, 여기서 그만 틀리고 말았다. 올바른 표기는 '마오쩌둥'이었던 것이다. 평소 학교에서 공부할 때도 예사롭게 마오쩌뚱 마오쩌뚱 했었는데, 이제부터는 끝음절에서 완전히 힘을 빼고 '마오쩌둥'이라고 해야겠다.

비교적 우수한 성적으로 본선에 진출했다. 그런데 본선 두 번째 문제였나? 갑자기 '엄마 앞에서 짝짝꿍'이란 동요를 들어주며 '짝짝꿍'을 쓰라는 거였다. '짝짝꿍'이라, 이거 참 헷갈리네. 언제 정확한 표기를 본 기억도 없고, 이런저런 글을 쓰면서 직접 써본 기억도 없고, 참 미치겠네! 일단 첫 글자는 '짝'이고 두 번째 글자는 그래 받침이 없을 거야. 나머지 한 글자가 문제인데, 이게 '꿍'일까, '쿵'일까? 무진장 헷갈리고 있는데 사회자가 답을 들어달란다. 가만, 클론 노래는 '꿍따리 샤바라'였나, '쿵따리 샤바라'였나 별 고민을 다하다가 결국 '짝짜쿵'으로 썼다.

"네. 답을 죽 보니 '짝짝꿍'도 있고 짝짝쿵도 있고, 짝짝꿍, 짝짜쿵도 있는데요, 그럼 정답 확인하겠습니다."

세상에 이게 무슨 날벼락인가? 정답이 '짝짜쿵'이 아니고 '짝짜꿍'이다. 다들 오늘의 우승후보 어쩌고저쩌고 하면서 띄워줬는데 탈락이다. 무대에서 내려올 때 심정이 얼마나 허탈하고 얼마나 뒷목이 서늘했는지는 겪어보지 않은 사람은 짐작도 못한다. 그날 밤 망신을 당했다는 생각에 잠도 제대로 들지 못했다.

다음날도 후유증은 계속되고 나는 마치 깊은 숲 속을 헤매다가 큰 올가미에 걸려든 것 같은 기분에 빠졌다. "그걸 왜 짝짜쿵이라고 썼을까?" 이대로는 안 된다. 다시 나가서 만회를 해야지. 이번에는 글 쓴이의 매니저가 그 쪽으로 출연의사를 밝혔고, 두 주 후엔가 다시 출연을 하게 되었다. 그러나 이 프로그램은 본선에서 여전히 살아남기 방식을 채택하고 있기 때문에 두 번째 출연이라고 해서 우승을 장담할 수는 없었다. 오히려 한 번 해 보니 그 누구도 우승을 장담할 수 없다는 생각이 들었다. 어찌됐건 주사위는 던져졌다.

그런데 어째 이런 일이? 예선에서 정미선 아나운서가 양배추를 일으켜 세워 이른바 '열차열차'를 시키는가 싶더니 정확한 표기를 쓰란다. 이거야 뭐 어려운가? 나는 자신 있게 '차렷 열중쉬어'라고 썼다. 언제나 그렇지만 출연자들의 답은 각양각색이다. '차렛 열쭝셧'도 있고 '차릿 열중쉬엍'도 있고 '차렷 열중싄'까지 있었다. 대부분 쉬어에 'ㅅ'을 많이 붙였다. '열중쉬어'가 맞는데 왜들 저렇게 'ㅅ'을 좋아할까? 그런데 정답을 확인하니 '차려 열중쉬어'였다. 놀랍게도 내 답에도 '차려' 아래 'ㅅ'이 들어있었던 것이다. 난 흔들리기 시작했다.

다음 문제는 '공익근무'라는 표기를 보여주고 표준발음법에 입각해 소리 나는 대로 쓰라는 거였다. '공익근무'라…… 어 이상한데. 어디가 변하는 거지? 분명히 변화가 있으니 문제를 냈을 텐데 어디일까? 순간 당황한 글쓴이는 '공익'과 '근무'가 만날 때 '근무'의 'ㄱ'이 'ㄲ'으로 변하는 걸 생각하지 못하고 헤매다가 '공익'의

'익'이 '한여름'과 '콩엿'처럼 '한녀름' '콩녇'으로 'ㄴ'이 첨가되어 발음 나는 것으로 착각하여 '공닉근무'이라고 적었다. 적으면서도 이상하다고 생각했고, 적고 나서 발음을 해보면서도 이상하다고 생각했다. '공닉'이 아니고 '근'의 'ㄴ'이 뒤 'ㅁ'의 영향을 받아서 'ㅁ'으로 동화되어 '금무'가 되지 않을까? 아니야 그것도 이상하지! 그러니까 정답만 빼놓고 그 옆을 뱅뱅 돈 것이다. 어쨌거나 정답은 '공익끈무'였으니 또 한 문제를 틀린 거였다. 여기서 난 완전히 흔들렸다. 이건 정말 해서는 안 될 실수인데 내가 왜 이러나?

다음 문제에서 주윤발의 원지음 표기를 묻는 게 나왔다. 언젠가 본 기억이 났지만 확신이 서지는 않았다. 그래도 '저우룬파'라고 기억을 되살려 답을 적었다. 역시 쭈윤빠, 쩌우연퍼 등 기묘한 답들이 많이 나왔다. 다행히도 정답이 '저우룬파'였다. 정답자는 단 한 명, 글쓴이였다. 그렇다고 해서 벌써부터 동요된 마음이 안정되지는 않았다.

다음 문제가 또 발목을 잡았다. 골덴바지의 정확한 표기를 쓰라는 거다. '골덴바지'를 즐겨 입기는 하지만 시장에서 '골덴바지 삼만 원', '골댄바지 4만 원'이라고 써 붙인 거 외에 정확한 표기를 한 번도 본 기억이 없었다. '고르덴'이라고 써볼까 하다가 결국 '골댄'이라고 썼고, 글쓴이는 또 한 번 오답의 수모를 당해야 했다. 정답은 '코듀로이'와 '코르덴'이었다. 망신살이 쫙 뻗치는 와중에도 뭔가 두어 문제를 맞혔고, 만신창이가 됐지만 본선에 진출했다. 살아남기의 살벌한 긴장과 공포 속에서 패자부활전에 가지 않고 결승에 진출했다. 그때 바뀐 패자부활전에서는, 자음의 이름을 정확히 말하는 문제, 우리말의 장단음 구별 등 더 까다로운 문제를 내면서 틀리는 출연자에게는 가차 없이 센바람을 맞혔다. 다행이다. 자음의 이름이야 어렵지 않지만 장단은 아차 하는 순간 실수할 수 있다.

패자부활전을 치르고 나서 다시 계속된 문제풀이에서 첫 문제는 흔히 '덤탱이' 맞았다는 표현을 하는데, '덤탱이'의 올바른 철자를 쓰라는 거였다. 엇! 이건 예전에 어느 책에서 본 건데, 뭐였지? '덤탱이'는 아니고, 그럼 아니니까 문제를 냈겠지? 그렇다면 '덤터기'일까, '덤태기'일까? 과연 정답은 뭘까? 이게 왜 정확하게 기억나지 않는 걸까? 게다가 또 왜 그렇게 긴장이 되는지 '터기'냐 '태기'냐의 갈림길에서 한참을 헤매던 나는 결국 '태기'를 선택했다. 손끝이 떨리는 걸 느끼며 붓으로 큼지막하게 '덤태기'라고 써내려갔다. 그런데 참 이상하지? 왠지 미련이 남아서 그 아래 '터'자를 조그맣게 써보았는데, "답을 들어주세요."라는 사회자의 요청에 허둥지둥 답을 들긴 했지만, 거 참 이상하게도 자꾸 '덤터기' 쪽으로 마음이 쏠리는 거였다.

결국 난 '태'자 위에 가새표를 하고 '터'를 선택했다. 답을 번복한 것이다. 적절한 방식은 아니었지만 생사의 갈림길이었다. 다행히도 글쓴이의 답은 인정을 받았고, 결승에 진출했다. 십년감수했다는 말, 이런 때 쓰는 건가?

결승문제는 '서당개삼년이면풍월을읊는다'를 맞춤법과 띄어쓰기에 맞춰 정확하게 쓰라는 거였다. 이건 뭐 어려운 문제가 아니다. 우승은 떼 논 당상 아닌가. 삼 띄고 '읊는다' 맞지? 난 신속하게 답을 적어내려 갔다.

"서당개 삼 년이면 풍월을 읊는다."

그러나 운명의 여신은 내 편이 아니었다. '서당개'가 아니라 '서당 개'가 맞는 답이었다. 난 경솔하게도 '서당개'를 한 낱말로 생각하고, 아니 이건 의심조차 안 하고, '삼 년'과 '읊는다'에만 신경을 집중하는 바람에 '미친 개' 아니 '서당개'에게 발목을 물리고 만 것이다.

그날 밤 서당개에게 물린 상처를 치료하느라 얼마나 오랜 시간을 잠 못 이루며 끙끙대야 했나. 미친 개한테 물리면 약도 없다지만 그래도 서당개니까 좀 낫겠지 하며 스스로 위로해 보았지만 '짝짜쿵' 보다 더하면 더했지 결코 덜하지 않았다. 사실 서당개가 아니라 '공닉근무'의 상처가 더 컸던 것이다. '서당개'야 순간 실수할 수도 있

학교전설의 받아쓰기대회

지만 '공익끈무'는 해서는 안 될 실수였던 것이다.

그 후로 글쓴이는 '공닉근무'의 망령에 사로잡힌 채 한동안 참담한 기분에서 헤어나지 못했다. 책을 읽다가도 '공닉근무'가 생각났고, 보고서를 쓰다가도 '공닉근무'가 생각났다. 심지어 방송 준비를 하다가도 '공닉근무'가 생각났다. 방송국에서 만난 후배에게 "선배님 실망했습니다."란 말도 들었다. 그렇지만 그런 과정을 통해 진정한 자신의 모습을 돌아보고 들여다볼 수 있었다.

"꽤 많은 책을 읽고 직접 책을 내기도 했지만 아는 게 별로 없다. 구석구석 돌아보고 좀 더 꼼꼼하게 익히자!"

컴퓨터로 글을 작성하면 좋은 점이 있다. 잘못된 철자를 입력하면 그 밑에 빨간 줄이 생긴다. 얼른 다르게 쳐보면 빨간 줄이 없어진다. 너무 순식간에 진행되는 상황이라 무엇이 잘못이었는지 각인이 되지 않는다. 기억하려고 크게 노력하지도 않는다. 왜냐하면 다시 실수를 반복하더라도 컴퓨터가 쉽게 알려 줄 것이기 때문이다. 돌아보니 컴퓨터에 너무나 많은 걸 의존하고 있었다.

대학원 수업을 마친 어느 월요일에는 학우들과 밥 먹고 맥주집에 간 자리에서 학교전설 얘기를 하다가 다 같이 문제를 풀어보기도 하였다. 출제는 글쓴이가 하고 함께 자리한 젊고 재기발랄한 학우들이 문제를 풀었다. 방송 녹화와 상황은 많이 다르지만 비교적 엇비슷한 조건을 만들어가며 문제를 풀었다. 모두 열대여섯 문제를 풀어보았는데 결과는 그다지 좋지 않았다. 다들 뜻밖의 문제에 당황했고 글쓴이와 비슷한 실수를 범했다. '서당개'에게 물린 친구가 세 명이나 나왔고 '공닉근무'라고 쓴 친구도 있었다.

한글문화연대에서 연 직장인을 위한 한글맞춤법교실에 참석한 이들과도 글쓴이의 특강 시간을 이용해 같은 문제로 받아쓰기를 해보았다. 지난 한 달간 열심히 공부한 이들이었지만 당황하는 기색이 역력했고, 침착하게 열심히 답을 쓰는 이들도 있었으나 결과는 비슷했다. 그 중 한 분이 이런 말씀을 하셨다.

"처음에는 방송을 보면서 어떻게 저런 답을 쓸 수 있을까 하며 웃었지요. 헌데 다음번에 문제를 풀면서 보니 저도 출연자들과 거의 같은 답을 적고 있는 거예요."

그분의 솔직한 고백에 많은 분들이 공감한다면 출연자들 몇 사람만이 우스꽝스럽고 어처구니없는 답을 적은 게 아니었다는 걸 깨닫게 된다. 그건 바로 우리들 모두의 모습이었다.

얼마 전 받아쓰기대회 왕중왕전이 펼쳐졌다. 그동안 이 프로그램에 나왔던 출연자들을 우열반으로 나누어 문제를 푸는 것이었다. 글쓴이는 한 번의 우승경력도 없이 늘 우승후보 분위기를 연출한 덕분에 우등생반에 속하게 되었다.

우등생반 몸풀기 문제. 한글의 자음과 모음을 순우리말로 쓰시오. 전원이 '홀소리'와 '닿소리'라고 썼다. 결코 어려운 문제가 아니었다. 오히려 열등생반의 몸풀기 문제가 더 어려웠다. 엄마가 아기들을 어를 때 '도리도리 OO'라고 하는데 'OO'을 쓰시오. 순간 가슴이 철렁 내려앉았다. 모르는 문제다. OO, 발음 그대로 '잼잼'일까? 솔직히 헷갈린다. 아리송하다. 사람이 또 어리바리해진다. 우리 문제가 아닌 게 천만다행이다. 아니나 다를까? 잼잼, 쨈쨈, 젬젬, 제엠젬, 쬠쬠, 쬠쬠 등 많은 답이 나왔다. 정답은 '죔죔'이었다. 아기를 어를 때 '도리도리 쬠쬠' 하며 주먹을 쥐었다 폈다 하는 동작에서, 즉 '쥐다'에서 '쬠쬠'이 나왔다는 것이다.

그러더니 이제부터는 다 같이 푸는 문제로 '몹시 방정맞은 행동'을 뜻하는 네 글자로 된 낱말의 철자를 쓰란다. 이거 정말 미치겠네. 평소에 누가 물으면 'OOOO'이라고 자신 있게 얘기하던 낱말인데, 왜 갑자기 알쏭달쏭해지는 걸까? 오두방정인가, 오도방정인가? 한참을 망설이다가 '오도방정'이라고 썼다. 정답은 '오두방정'이었다.

다음엔 '손가락질'에 해당하는 북한말을 물었다. 도대체 뭘까? 학교에서 북한말에 관한 보고서도 썼었고, 최근 '코리아 코리아'를 진행하면서 북한말도 많이 배웠는데, 왜 이걸 모르지? 언젠가 들은 것도 같은데 도무지 기억이 흐릿해서 어쩔 수 없이 말을 만드는 기분으로 답을 '손가락찍기'라고 적었다. 손가락겨누기도 있었고, 손찌르기 같은 답도 있었던 것 같은데 정답은 '손가락총질'이었다. 또 틀렸다. 틀려도 그리 창피한 문제는 아니었지만 또 틀렸다.

다음 문제는 왕조현의 이름을 원지음대로 쓰라는 거였다. 녹화 전에 예상문제로 봐둔 몇 사람의 이름 중에 '리렌제'라고 쓰는 이연걸의 이름이 강하게 뇌리에 박혀 뚜렷하게 기억하고 있었는데 왕조현의 이름을 묻다니, 지지리도 운도 없다. 이거야말로 이름을 그리는 거다. 그래도 방송에서 한 번쯤 들어본 듯한 흐릿한 기억을 되살려 정말 억지로 '왕조우시엔'이라고 썼다. 틀렸다. 정답은 '왕쭈히언'이었다.

다음은 포장마차를 방문한 카메라가 담은 정겨운 화면과 함께 '오돌뼈가 아닙니다, 오도독뼈가 맞습니다.' '꼼장어가 아닙니다, 먹장어가 맞습니다.' 뭐 이런 걸 지적해서 알려주더니 정작 문제는 안주없이 먹는 소주를 뭐라고 하느냐는 거였다. 앞에 그냥 알려준 것들을 문제로 했다면 난 또 기절초풍하였을 것이다. 그러나 이건 답이 뻔한 거 아닌가? 난 자신 있게 '강소주'라고 썼다. 그런데 재미있는 답이 많이 나왔다. 우선 '깡소주'와 '맨소주'라는 게 있었고, '병소주'도 있었는가 하면 예선에서 만점을 달리던 박찬민 아나운서는 '깡소주'라고 썼고, 가수 유채영 씨는 '홀로쏘'라고도 썼다. 친구들하고 소주 마실 때 "이모 홀로쏘"라고 주문한다는 거였다. 정답은 아니었지만 정말 즐겁고 유쾌한 답이었다.

어쨌거나 이 날도 여러 문제를 틀렸지만 한편으로는 다 기억하지 못하는 여러 문제를 맞혀서 본선에 올라갔다. 살아남기 방식에서의 생존도 중요하지만 무엇보다 두려운 건 패자부활전이었다. 무슨 일이 있어도 패자부활전에는 가지 말자 하고 다짐 또 다짐을 하며 본선에 임했다. 발음 문제가 나왔는데, 노래를 들려주며 '씩씩한'을 표준발음법에 입각해서 쓰라는 거다. 어려운 문제가 아니었지만 워낙 뜻하지 않은 실수를 많이 한 경험이 있어 초긴장상태가 되어 '씩씨칸'이라고 답을 적었다. 정답은 '씩씨칸'이었다. '씩씩칸'이라고 쓴 출연자도 있었지만 어떤 이는 '씨씨칸', '씩시칸'이라고 써서 탈락했다. 일단 한숨 돌리고 다음 문제에 임했다. 흥겨운 민요를 한 곡 들려주면서 '늴리리야'의 철자를 바르게 쓰라는 거다. 첫 글자는 '늴', 두 번째는 'ㅢ'가 아니고 그냥 'ㅣ'이다. 그래서 '늴니리야'라고 썼다. 앞쪽에서 '늴리리야'가 좀 있었고, 김도향 선배님과 글쓴이의 답이 일치했다. 그런데 불안하게도 뒤쪽에서 '늴리리야'가 또 나왔다. 과연 뭘까? '늴리리야'일까, '늴니리야'일까? 정말 운이 없는 걸까? 정답은 '늴리리야'였다. 탈락과 동시에 절대로 거기만큼은 가지 말자고 굳게 다짐했던 패자부활전에 가게 되었다. 틀렸을 경우 바람이 나오는 마이크가 무대 위에 설치되고 4대 국경일을 물었다. 삼일절, 광복절, 개천절 그리고 하나가 뭐지? 어, 이거 뭐지? 순간 내 순서가 되었는데 딱 제헌절이 생각났다. "삼일절, 제헌절, 광복절, 개천절." 순간 울려 퍼지는 실로폰 소리, 반갑고 기뻤다. 다시 본선에 진출했다는 것보다도 바람을 맞지 않은 게 우선 기뻤다.

그러나 시련은 끝나지 않았다. 다시 진출한 본선 무대 첫 문제, '얼레리 꼴레리'의 올바른 철자를 쓰시오. 세상에, 이런 것도 올바른 철자가 있나? 물론 있겠지만 한 번도 본 기억이 없다. 사십이 넘도록 세상을 살면서 난 왜 이렇게 본 게 없을까? 묘하게도 보기를 던져주었는데, 정확히 기억 못하지만 대충 다음과 같았다.

1. 얼레리 꼴레리
2. 얼라리 꼴라리
3. 알라리 꼴라리
4. 알나리깔나리
5. 얼레 꼴레

정말 기가 막히는 노릇이었다. 산 넘으면 또 산이라더니, 오늘은 패자부활전에까지 갔다 왔는데 이 무슨 날벼락 같은 문제란 말인 가. 침착하자, 침착하자. 그래 1번부터 4번까지는 모두 석 자인데다 가 '리' 자로 끝난다. 5번도 구조가 다르다. 물론 정답을 저렇게 티 가 나게 제시할 리는 없다. 순간 '왔다리갔다리'에 관한 얘기가 떠 올랐다.

흔히 '왔다리갔다리' 라고 하지만 본디 우리말은 '왔다갔다' 이다. '리' 는 일본말 '잇다리키다리(いったりきたり: 왔다갔다)' 의 영향 이다.

그래 그렇다면 얼레리꼴레리 역시 일본어의 영향으로 '얼레꼴레' 에 '리' 가 붙은 걸 것이다. 확신을 갖고 자신 있게 쓰자. 스스로 믿 음을 가지며 '5번 얼레 꼴레' 라고 썼다. 그런데 이 무슨 운명의 장난 인가? 패자부활전에서 함께 올라온 가수 소이하고 나 그리고 두 명 해서 모두 네 명이 5번을 쓰고 나머지는 모두 4번을 썼다. 소이는 얼 굴꼴이 어떻다는 얘기를 과거에 들은 기억이 있다면서 자신의 답을 설명했고, 난 '잇다리키다리' 로 설명했다. 나머지 두 사람은 내 걸 보고 썼다고 했다. 그만큼 날 믿은 것이겠지.
그러나 이 무슨 운명의 장난인가? 정답은 '4번 알나리 깔나리' 였 다. 옛날에 어린 나이에 과거에 급제한 이를 '알나리' 라고 놀리듯이 말했고 깔나리는 어쩌고저쩌고 하는 교수님의 설명이 더 이상 귀에 들어오지 않았다. 더 이상 패자부활전도 없고 또 탈락이다. 이 문제 만 통과했으면 왕중왕전에서 우승을 할 수도 있었다. 그러나 운명은

잔인했다. 그 모든 기대가 물거품이 돼버렸다.

그러고 나서 글쓴이는 또 얼마나 많은 불면의 밤을 보내야 했나? 애초에 사양하고 나가지 않았다면 이런 일도 없었을 것을. 그러나 후회하지 않는다. 세 차례의 출연에서 겪은 실패와 좌절, 그로 인한 충격과 부끄러움은 말로 형언할 수 없을 정도로 엄청났지만, 한편으로는 다시 나를 바라보는 좋은 기회였다. 어쩌면 더 열심히 해야 한다는, 더욱 분발해야 한다는 하늘의 인도였는지도 모른다. 분명 괴롭고 고통스러운 순간도 있었지만 동시에 난 기쁘고 즐겁고 행복했다. 과거에 글쓴이가 이런 거 좀 하자 그러면 "그게 뭐 재미있겠느냐?"며 다들 콧방귀도 뀌지 않았었는데, 우리말을 소재로 이렇게 재미있는 프로그램을 만들어준 학교전설 제작진이 고맙다.

아쉽게도 이 프로그램은 이번 봄철 방송 개편과 더불어 종영됐다. 안타까운 일이다. 이런 프로그램을 안방에서 곧 다시 볼 수 있기를 바란다. 많은 사람들이 이런 프로그램을 보면서 우리말과 글에 관심을 갖게 되고 우리말과 글이 고리타분하고 딱딱한 것이 아니라 재미있고 아름답고 과학적이라는 것이라는 사실을 알게 되었으면 좋겠다.

방송을 볼 때가 아니라도 자주 사전을 찾아보는 우리 이웃의 모습을 떠올린다.

"얘, '곱배기'가 맞니 '곱빼기'가 맞니?"

"두 배를 뜻하는 말은 '곱빼기'라고 써야 해."

우리말이 이렇듯 즐겁고 재미있는 화제의 중심에 서기를 바란다. 국민 모두가 우리말을 진정으로 아끼고 사랑하게 되길 바란다.

한류의 새로운 주인공, 한글이 뜬다!

　최근 일본에서는 한국어를 배우는 이들이 폭발적으로 증가하고 있다고 한다. 드라마 '겨울연가'가 방송되고 나서 배우 배용준의 인기가 폭발하였고, 일본 여성들의 욘사마 사랑이 한국에 대한 관심을 촉발하여 드라마 촬영지를 돌아보는 한국관광은 물론 한국문화 전반에 대한 호기심으로 이어지면서 한국어 교육열마저 뜨겁게 달구었다는 거다. '겨울연가'의 내용을 소재로 한 한국어 교재가 불티나게 팔렸단다.

　뿐만 아니다. 일본의 인기그룹 스맵의 멤버 구사나기 쓰요시, 한국이름 초난강은 자신이 한국어를 배운 경험을 토대로 〈정말book〉이라는 한국어교재를 냈는데, 이게 무려 40만 부 이상이 팔렸다고 한다. 그는 한국어로 제작한 일본영화 '호텔 비너스'에서 주연을 맡기도 했다. 텔레비전을 통해 자주 만나는 아유미나 유민 역시 일본인으로 한국 진출에 성공한 경우인데 – 유창하지는 않지만 비교적 훌륭한 한국어를 구사한다 – 이들에게도 한국어 습득은 필수일 것이다.

이런 현상은 일본에 국한된 것은 아니고 이른바 한류열풍이 불고 있는 베트남, 대만, 홍콩, 중국 등 아시아권에서 공통된 현상이라고도 할 수 있겠다. 베트남을 다녀 온 여행자들은 그곳 거리를 질주하는 한국 시내버스를 발견하고 무척 신기해했다는 말을 즐거운 여행담의 하나로 풀어놓곤 하는데, 이를테면 '롯데잠실점'이라고 한글로 적힌 버스가 색칠 하나 바뀌지 않고 그대로 운행하고 있다는 거다. 시간이 없어서 미처 칠을 하지 못했다, 페인트가 없어서 그랬다 등등 여러 가지로 해석할 수 있겠으나, 한국의 이미지가 좋아지면

베트남의 롯데잠실점
정말로 있을까? http://blog.empas.com/eyp1955/3051377에서 퍼온 사진.

서 베트남 사람들이 한국 버스, 한글 그 자체를 좋아하고 선망하게 된 것이라고 해석할 수도 있겠다. 중국에서도 젊은이들이 '엽기적인 그녀', '보행금지'라는 한글 문구가 새겨진 옷을 입고 다닌다고 한다.

독일의 한 백화점 화장품 코너에서는 훈민정음 문양이 디자인으로 활용된 미용 관련 소품이 팔리고 있다고 한다. 작년에는 미국의 팝스타 브리트니 스피어스가 한글이 새겨진 원피스를 입고 외출한 모습이 공개돼 화제를 일으켰다. 어쩌면 욘사마를 이을 한류의 새로운 주인공은 '한글'이 될지도 모른다.

꿈은 이루어진다고 했다. 앞으로 우리나라가 점점 더 발전해서 세계의 선진국으로 우뚝 선다면, 더 많은 세계인들이 한국어를 배우고 한글을 익히려 들 것이다. 그때가 되면 우리말과 글은 곧 우리 자신을 남 앞에 비춰 주는 거울이 될 것이다. 원칙도 규칙도 없는 한글 표기는 곧 원칙도 규칙도 없는 한국을, 상스럽고 품위 없는 한국말은 곧 상스럽고 품위 없는 한국인을 그대로 보여주는 자화상이 될 것이다.

가장 늦었다고 생각할 때가 가장 빠른 때라는 명언이 있다. 지금 우리에게도 꼭 맞는 말이라 생각한다. 지금부터라도 우리의 말과 글을, 한국어를 무시하고 업신여기지 말고 존중하여 잘 보존하고 발전시켜야 하지 않을까? 이상한 곳, 모난 곳 정성들여 고치고 다듬어 어디 내놓아도 부끄럽지 않을 아름답고 품위있는 우리말 글을 만들어야 하지 않을까?

우리가 흔히 응원할 때 쓰는 '파이팅'이라는 말은 대표적인 콩글

리쉬로 꼽힌다. 영어 네이티브들조차 이해하지 못하는 이 말을 왜 우리가 굳이 고집해야 할까? 지난 8월, 국립국어연구원은 누리꾼들을 대상으로 '파이팅'을 대신할 우리말을 공모했다. '아리아리' '힘내라' 등 다양한 의견이 올라왔지만 결국 42퍼센트의 지지를 받은 '아자'가 뽑혔다. '슬로푸드'라는 외래어를 대치할 우리말로는 '여유식'이 뽑혔다.

외국어의 남용과 외래어의 범람을 바로잡아 우리말로 고쳐쓰는 것도 중요하지만, 현재 사용하고 있는 우리말 글을 좀 더 아름답고 정감있게, 품위있게 쓰는 것도 중요하다. 아름다운 말과 글이 아름다운 사회를 만든다.

담벼락에 '소변금지' 'OO쩌름' '적발시 각오할 것' 등의 살벌한 문구를 써놓고 그 옆에 섬뜩하게 가위까지 그려놓는 것보다는 '지켜보고 있어요' '아름다운 사람은 머물다간 자리도 아름답습니다' 등의 여유있는 문구를 써놓은 동네가 왠지 훨씬 정감있고 삶의 질도 높아보이지 않는가.

그런 의미에서 우리 아파트에 걸린 어느 이웃의 호소문도 매우 깔끔해 보인다. 1층에 사는 사람일 텐데, 얼마나 괴로우면 이런 글까지 썼을까마는, 신경 써서 잘 썼다는 생각이 든다(204쪽 맨 위 사진 참조).

한번은 어느 동네를 지나가다가 인상적인 안내문을 보았다. 좁은 골목 한켠에 나무 궤짝으로 짜 만든 화분이 있었고 그 안에서 상추가 자라고 있었다. 종이를 잘라 안내문을 써서 궤짝에 붙여 놓았는데, 필체를 보니 아마도 할머니나 연세 지긋한 분이 쓴 것 같았다.

"상추가 먹고 싶은 사람은 뽑지 말고 이파리만 뜯어 가세요."

아직도 베란다에서 담배를 피우고
꽁초를 밖으로 던져버리는
분들이 우리 아파트에 살고 있습니다.

베란다에서 담배 피우는 분들
재떨이를 준비하세요!

재떨이 살 돈이 없으면 사 드릴까요?

베란다 꽁초

손대지 말라는 게 아니라 이파리만 살살 따 가란다. 아름다운 우리말 글은 바로 이런 아름다운 마음에서 나오는 것이라 생각한다. 경고하고 위협하고 짜증내는 문구보다 상대를 배려하고 포용하는 넉넉한 마음에서 나온 문구들이 우리 사회를 더 살맛나게 하는 게

주의하세요
우리에겐 이런 게 정말 필요하다.
출처 - http://hot.empas.com/vogue/read.html?_bid=unbearable&asn=7153

아닐까? 그런 점에서 204쪽의 아래 사진에 나온 안내문도 입가에 미소를 짓게 만드는 소중한 안내문이다.

　2003년부터 한글문화연대는 교보문고와 함께 한글날을 전후로 우리말글책잔치를 열고 있다. 여러 가지 행사 중에 어린이표어짓기대

불꽃 튀는 한글의 날

세계로 뚜벅뚜벅

회가 있다. 다음은 그 대회를 통해 우리 어린이들이 손수 지은 아름답고 멋진 한글사랑 표어들이다.

불꽃 튀는 한글의 날 －논현초등 정충환
하이루! 싫어 싫어, 안녕! 좋아 좋아 －민백초등 이은진
한글의 마음 우리의 마음 －방현초등 우소연
또박또박 한글 사용 세종대왕 함박웃음 －서초초등 이창준
세종대왕께서 피땀흘려 만든글, 우리도 피땀흘려 배우자
－고기초등 박성연
우리말 힘내자 우리나라 힘내자 －동은유치원 서동휘
자랑스런 우리한글 바르게 또박또박, 힘차게 우리나라 세계로 뚜벅뚜벅
－영희초등 서효원

한글날을 두고 성스러운 한글날이라거나 경하해야 할 한글날이라는 말은 들어봤지만 불꽃이 튀다니 이 얼마나 멋진 표현인가. 또한 또박또박 제대로 써서 세계로 뚜벅뚜벅 나가자던 효원이의 표어도 여전히 귓전을 생생하게 울린다.

그럼 이제 우리나라 민족사학의 선구자이면서 일찍이 국문의 중요성을 역설하였던 단재 신채호 선생의 말씀을 다시 한 번 인용하며 이 글을 마치도록 하자.

"아(我)를 확립하여 사상과 정신의 자립성을 이룩함으로써, 동화적

사상으로 세계에 매몰되는 것을 방지하고 동등적 정신으로 세계의
일원이 되자!"

이건 지금으로부터 90여 년 전쯤 신채호 선생이 대한매일신보에
쓴 '동화의 비관' 이란 글에 나오는 말이다. 멋있다! 그러니까 우리
도 힘을 내자. 멋지게 해내자.
21세기 세계무대의 주역이 될 대한민국이여, 세종의 자손으로서
아름다운 한글문화를 꽃피우자. 아자!

온누리으뜸한글
아름다운 한글의 꿈!

글을 마치며 대한민국은 받아쓰기 중

내가 우리말과 글을 지키는 일에 남보다 조금 관심이 많은 사람이라는 인상을 주었는지, 모임에 와서 그런 주제로 강연을 해달라는 요청을 가끔 받는다. 방송 일이나 대학원의 수업시간과 겹치지 않는한, 즐거운 마음으로 그런 자리에 달려간다.

많은 분들 앞에서 우리말 우리글에 대한 이야기를 하면서 느낀 것은, 나는 이런 이야기가 신나고 재미있는데 대부분의 사람들은 이런 이야기를 그다지 재미없어 하거나 까다롭다고 생각한다는 것이다.

아휴, 정재환 씨 그런 골치 아픈 이야기 하지 말고 우리 다른 재미있는 이야기 합시다. 연예인 이야기 해줘요. 누가 제일 인간성 좋아요? 실물로 보면 누가 제일 꽃미남이에요? 네, 바로 접니다…….

아무리 성심껏 답변을 해도 믿지들 않으신다. 버선목을 뒤집어 보일 수도 없고, 내 아내에게 물어보시라. '겨란' 때문에 가끔 아내에게 투덜대는 것 말고는 흠잡을 데 없는 인간성이라 할 것이다. 그리고 자기랑 좀 더 많이 놀아주면 세상에서 제일 예쁠 것이라 했으니, 대한민국 최고의 꽃미남 되는 것도 시간문제다.

아무튼 우리말과 글에 대한 이야기를 전문가들이나 왈가왈부하는 지루한 것으로 생각하는 분들을 위해, 어떡하면 좀 더 재미있게 실감나는 이야기 거리를 끌어올까 고민하다가 디지털 카메라를 들고 직접 거리로 나서게 되었다. 광고판, 안내문, 상점 간판 등에서 잘못 쓰인 우리말 글이나 문제가 있다고 생각되는 것들이 눈에 띄는 대로 셔터를 눌렀다.

이렇게 길거리에서 내 눈에 '딱 걸린' 현장들을 직접 찍은 사진을 자료로 보여주면서 이야기를 하니 강연장 분위기가 훨씬 좋아졌다. 꾸벅꾸벅 조는 사람도 줄어들고 이야기를 듣는 얼굴에도 생기가 돌았다. 우리말과 글이 쓰이는 장소는 바로 이런 우리의 생활현장 아니던가? 그러니 잘못 쓰이는 우리말 글을 걱정하고 바로잡기 위해 노력할 사람은 국어학자나 전문가들만이 아니라 바로 우리들 자신이기도 한 것이다.

강연장 안에서 사람들과 함께 이야기하고 공감하던 문제들을 좀 더 많은 사람들과 나누고 싶어서 책을 새로이 쓰게 되었다. 바른 표기도 중요하지만, 우리 삶을 보다 편하고 아름답게 만드는 말과 글의 환경도 중요하다는 것을 함께 이야기해보고 싶었다.

왜 내가 좋아하는 순두부는 찌개이기도 하고 찌게이기도 할까? 아귀는 물속에서 살아 돌아다닐 땐 아귀인데 왜 음식점에만 가면 '아구'가 될까? KTX는 왜 할머니 할아버지도 부르기 쉬운 '번개'나 '비호' 같은 이름을 가질 수 없었을까? KB, KBI, CH 등의 알쏭달쏭한 문자들은 무엇일까?

받아쓰기대회를 하는 텔레비전 프로가 있었다. 나도 그곳에 출연한 적이 있다. 나에게는 비록 아픈 기억(?)을 남기기는 했지만, 유쾌한 분위기 속에서 우리말에 대한 대중들의 관심을 높이는 데 기여한 프로라는 점에서 넙죽 절이라도 하고 싶다.

대한민국 국민 모두가 즐겁고 유쾌하게 우리말과 글에 대해 이야기를 나누고, 우리말과 글을 더 잘 쓰고 사랑하는 법을 나누는 사회가 되면 좋겠다. 국민 모두가 우리말의 애인이 되어 죽도록 챙겨주고 지켜줬으면 좋겠다.

대한민국 국민 여러분! 우리 받아쓰기 할까요?